瑞蘭國際

我的第二堂
俄語課

零距離！初級俄語最佳進階教材！

吳佳靜　著

作　者　序

　　已踏上俄語學習之路的您，是否想繼續挑戰自我，往更高程度邁進，讓自己的俄語表達更流利呢？《我的第二堂俄語課》將是您的最佳選擇！

　　本書延續《我的第一堂俄語課》（以下簡稱《第一堂》）架構與內容，專為學習完《第一堂》，或已具備A1程度，計畫邁入A2的俄語學習者設計。本書總共十課，每課主題皆貼近生活，且將與《第一堂》的主要出場人物再度相遇，一起與他們聊購物、住宅、外表、美食、城市、興趣、文藝、節慶、旅遊、學習等有趣主題。

　　本書每課皆包含「對話」、「對話單詞與句型解析」、「實用詞彙」、「語法解析」，以及「短文閱讀」。請您按照順序學習，並搭配音檔，邊聽邊跟著俄籍老師朗誦對話、對話單詞、實用詞彙與短文。另外，您在每課課名頁的右下角會發現有趣的短句，那些皆取自蘇聯或俄羅斯經典電影。在每課最後的「俄電影」將可找到該短句的出處影片，並瞭解其意義。而這樣的安排，是願您在俄語學習過程中，也能從語言與生活角度認識俄羅斯文化。

　　特別要提醒讀者的是，在本書每課的「語法解析」中，第一課至第六課著重在「代詞」、「形容詞」與「名詞」各格單、複

數變化；第七課與第八課將學習表達「說明」、「限定」、「時間」、「條件」、「讓步」、「目的」等意義的主從複合句使用方式；第九課為「未帶前綴」與「帶前綴」運動動詞；第十課包含「動詞命令式」、「形容詞與副詞比較級」，以及「直接引語與間接引語」。這些語法規則比《第一堂》所學的語法更具難度與挑戰性，但別擔心，只要細讀規則，完成小試身手，並參考本書最後所附的解答檢驗所學，如此循序漸進地學習，您將獲得滿滿的成就感，並能達到俄語A2程度。

　　最後，感謝各位老師與同學在我的求學與教學過程中的陪伴與支持。感謝莉托斯卡老師與薩承科老師在百忙之中抽空為本書配音並給予許多寶貴建議。感謝Tatiana Ryndak、Evgeny Uzhinin、蔡昀倢、蔡蓁愛在本書撰寫過程中，不辭辛勞地不斷與我校正本書內容。最後特別感謝瑞蘭國際出版每位同仁們的鼓勵、協助與付出，讓本書順利問世，謝謝你們！

　　各位，我們繼續吧！祝您有個愉快又美好的俄語學習時光！

吳佳靜

2024・台北

如 何 使 用 本 書

　　《我的第二堂俄語課》是《我的第一堂俄語課》的銜接教材，專為已有基礎的學習者量身打造，內容涵蓋購物、住宅、美食、興趣、節慶、旅遊等有趣又多元的主題，只要循序漸進跟著本書學習，必能厚植俄語聽、說、讀、寫實力。隨書附俄籍名師親錄標準朗讀音檔，邊聽邊學效果最佳！

　　全書共10課，每課皆有不同的主題及學習目標，並規劃會話、單詞、語法、短文等內容，讓讀者由淺入深，全方位且有系統地累積俄語實力。各課結構與說明如下：

會話

每課開頭皆為生活主題會話，並附中文翻譯，邊聽邊讀，練習聽力與口說能力！

🤝 會話　🎧 MP3-01　請聽音檔，並跟著一起念。

Анна：　Приве́т, Лу́кас. Каки́е у тебя́ пла́ны на э́ти выходны́е?

Лу́кас：Приве́т, Анна. Зна́ешь, я то́лько что перее́хал в но́вую кварти́ру. Ива́н дал мне свою́ ма́ленькую по́лку. Но я хочу́ купи́ть ещё другу́ю ме́бель.

嗨，盧卡斯。你這個週末有什麼計畫？

嗨，安娜。妳知道嗎，我剛搬到新公寓。伊凡給了我他自己的小架子。但是我想再買其他家具。

單詞

從會話中挑選出的單詞，並列出其詞性與中譯。

單詞　🎧 MP3-02

выходно́й	陽	休假日
дово́льно	副	相當，足夠，很
договори́ться	完	達成協議；協商好
друго́й	形	別的，另一個的
европе́йский	形	歐洲的
е́сли	連	如果，假如，要是
и́менно	語	正是，就是，恰恰是

俄語這樣說

列出會話中的重點句子，並解釋用法，跟著這樣說俄語最道地！

俄語這樣說

➢ **Каки́е у тебя́ пла́ны на э́ти выходны́е?** 你這個週末有什麼計畫？

* 表達什麼時候的計畫時，可用план（或複數пла́ны）加前置詞на與第四格。請注意，сего́дня（今天）、за́втра（明天）等詞不需變格。

  – Каки́е у Ива́на пла́ны на сле́дующее воскресе́нье? 下週日伊凡有什麼計畫？

  – В сле́дующее воскресе́нье у него́ бу́дет ва́жный экза́мен. 下週日他將有

音檔序號

本書由專業俄籍教師錄製正常偏慢語速音檔，跟著大聲開口說，俄語自然學得好！

服飾鞋類　🎧 MP3-04

бе́лая футбо́лка	白色T恤
кле́тчатая руба́шка	方格襯衫
укоро́ченная блу́зка	女式短衫
вя́заный сви́тер	針織毛衣
спорти́вный костю́м	運動服
джи́нсовая ку́ртка	牛仔外套

實用詞彙

表格統整該課相關的實用主題詞彙，記憶單詞最方便！

實用詞彙

家用電器 🎧 MP3-03

гáзовая плитá	瓦斯爐
духóвка	烤箱
микроволнóвка	微波爐

語法解析

以圖表整理複雜語法，以簡單易懂的説明剖析規則，輕鬆增進語法實力！

語法解析：第四格（非動物名詞）

1 表達動作直接涉及的事物

➢ Юрий смóтрит рýсский фильм. 尤里看俄國片。

➢ Ивáн читáет интерéсную кнúгу. 伊凡讀有趣的書。

* 放在動詞後面表達動作直接涉及的事物時，該詞需用第四格。以「читáть интерéсную

小試身手

語法解析後的隨堂測驗，讓讀者隨時檢測是否完全理解所學內容。

小試身手 2：請填入物主代詞正確形式。

1. **Вúктор:** Привéт, Сóня! Знáешь, вчерá я забы́л ＿＿＿＿＿＿＿＿＿ перчáтки в аудитóрии.

   Сóня: Я сегóдня вúдела, что ＿＿＿＿＿＿＿＿＿ перчáтки ещё там.

   Вúктор: Прáвда? Слáва бóгу! Это же ＿＿＿＿＿＿＿＿＿ люби́мые перчáтки.

短文

利用短文複習整課精華，同時訓練閱讀能力，別忘了跟著音檔一起朗讀！

　　Ивáн ýчится в магистратýре. Он серьёзно изучáет рýсскую истóрию. Он чáсто хóдит в университéтскую библиотéку искáть нýжные материáлы и брать кнúги. А когдá у негó есть свобóдное врéмя, он читáет рýсскую литератýру.

　　Рáньше Ивáн примéрно раз в недéлю ходúл в кнúжный магазúн «Дом кнúги» смотрéть новúнки. Но э́тот магазúн нахóдится далекó от егó дóма, поэ́тому в послéднее врéмя он предпочитáет выбирáть нóвые кнúги в Интернéте.

　　Егó люби́мый онлáйн-магазúн называ́ется «Литрéс». Здесь мóжно

俄電影

課後帶您輕鬆一下，賞析經典蘇聯與俄國電影，如《莫斯科不相信眼淚》、《鑽石手臂》、《彼得調頻》等，藉由精彩的劇情，進一步認識俄羅斯文化。

俄電影

莫斯科不相信眼淚
Москвá слезáм не вéрит

　　本片由弗拉基米爾．緬紹夫（Владúмир Меншóв）執導，莫斯科電影製片廠出品，共兩集，1979年首映。本片榮獲1981年奧斯卡最佳外語片獎與蘇聯國家獎。

　　上集故事發生在1958年。三位年輕女孩從小鎮來到首都莫斯科生活與工作，並尋找自己

如何掃描 QR Code 下載音檔

1. 以手機內建的相機或是掃描 QR Code 的 App 掃描封面的 QR Code。
2. 點選「雲端硬碟」的連結之後,進入音檔清單畫面,接著點選畫面右上角的「三個點」。
3. 點選「新增至「已加星號」專區」一欄,星星即會變成黃色或黑色,代表加入成功。
4. 開啟電腦,打開您的「雲端硬碟」網頁,點選左側欄位的「已加星號」。
5. 選擇該音檔資料夾,點滑鼠右鍵,選擇「下載」,即可將音檔存入電腦。

本書採用略語

陽	陽性名詞
中	中性名詞
陰	陰性名詞
複	名詞複數
形	形容詞
數	數詞
代	代詞
未	未完成體動詞
完	完成體動詞
副	副詞
前	前置詞
連	連接詞
語	語氣詞

目　次

主要出場人物表

Ива́н 伊凡		ру́сский 俄國人	магистра́нт 碩士生
Лу́кас 盧卡斯		не́мец 德國人	магистра́нт 碩士生
Ян Мин 楊明		тайва́нец 臺灣人	инжене́р 工程師
Эмма 艾瑪		америка́нка 美國人	магистра́нтка 碩士生
Анна 安娜		ру́сская 俄國人	журнали́стка 記者

01 | Пе́рвый уро́к

Я хочу́ купи́ть тёплую ша́пку

我想買溫暖的毛帽

學習目標

1. 學會表達家用電器與服飾鞋類相關詞彙
2. 學會表達動作直接涉及的事物
3. 學會表達自己的某人或某物
4. 學會表達出發去、來到、離開去某處

Москва́ слеза́м не ве́рит.
Тут не пла́кать, а де́йствовать на́до.

莫斯科不相信眼淚。
在這裡哭沒用，應該採取行動。

會話 🎧 MP3-01　請聽音檔，並跟著一起念。

Анна:	Привéт, Лýкас. Какúе у тебя́ плáны на э́ти выходны́е?	嗨，盧卡斯。你這個週末有什麼計畫？
Лýкас:	Привéт, Анна. Знáешь, я тóлько что переéхал в нóвую кварти́ру. Ивáн дал мне свою́ мáленькую пóлку. Но я хочý купи́ть ещё другýю мéбель.	嗨，安娜。妳知道，我剛搬到新公寓。伊凡給了他自己的小架子。但是我想再買其他家具。
Анна:	А какýю и́менно, éсли не секрéт?	如果不是祕密的話，究竟要買什麼呢？
Лýкас:	Ну, напримéр, кни́жный шкаф и настóльную лáмпу. А ещё я хочý посмотрéть в магази́не стирáльную маши́ну и пылесóс.	嗯，例如書櫃與檯燈。我還想在商店看看洗衣機和吸塵器。
Анна:	Кстáти, в магази́не «Европéйский» сейчáс распродáжа. Я как раз бýду там в суббóту.	對了，歐洲商店現在正在大拍賣。我正好星期六將去那裡。
Лýкас:	Прáвда? А что ты хóчешь купи́ть?	真的嗎？那妳想買什麼？
Анна:	Конéчно, одéжду, напримéр, мóдные джи́нсы. А ещё я хочý купи́ть тёплую шáпку.	當然是衣服，例如時髦的牛仔褲。我還想買溫暖的毛帽。
Лýкас:	Как чáсто ты хóдишь в э́тот магази́н? Кáждую суббóту?	妳多常去這間商店呢？每個星期六嗎？
Анна:	Что ты! Не кáждую суббóту, но довóльно чáсто, два рáза в мéсяц. Я обы́чно мнóго рабóтаю, но когдá я отдыхáю, я люблю́ ходи́ть тудá дéлать покýпки. Хóчешь пойти́ в э́тот магази́н вмéсте в суббóту вéчером?	哪有！不是每個星期六，但相當常去，每個月兩次。我通常工作很多，但當我休息時，我喜愛去那裡購物。你想要星期六晚上一起去這間商店嗎？
Лýкас:	Хорошó. Договори́лись!	好。就這麼說定了！

單詞&俄語這樣說

單詞 🎧 MP3-02

выходно́й	陽	休假日
дово́льно	副	相當，足夠，很
договори́ться	完	達成協議，協商好
друго́й	形	別的，另一個的
европе́йский	形	歐洲的
е́сли	連	如果，假如，要是
и́менно	語	正是，就是，恰恰是
как раз		恰好，正好，剛好
кни́жный	形	書的，書籍的
кста́ти	副	（用作插入語）順便（説一句）
ме́бель	陰	家具
мо́дный	形	時髦的，流行的
насто́льный	形	桌上的
перее́хать (перее́ду, перее́дешь)	完	搬遷，遷移，搬家
поку́пка	陰	買，購買
распрода́жа	陰	拋售，大拍賣，清倉銷售
секре́т	陽	祕密，祕密事情
стира́льный	形	洗衣（用）的

俄語這樣說

➢ **Каки́е у тебя́ пла́ны на э́ти выходны́е?** 你這個週末有什麼計畫？

- 表達什麼時候的計畫時，可用план（或複數пла́ны）加前置詞на與第四格。請注意，сего́дня（今天）、за́втра（明天）等詞不需變格。

  – Каки́е у Ива́на пла́ны на сле́дующее воскресе́нье? 下週日伊凡有什麼計畫？

  – В сле́дующее воскресе́нье у него́ бу́дет ва́жный экза́мен. 下週日他將有重要的考試。

➢ **Как ча́сто ты хо́дишь в э́тот магази́н? Ка́ждую суббо́ту?** 妳多常去這間商店呢？每個星期六嗎？

- 表達重複的時間時，可用限定代詞ка́ждый（每，每個）加時間名詞，並將整個詞組變成第四格，前面不需加任何前置詞。在疑問句中，用как ча́сто?（多常）提問。

  Мы с преподава́телем встреча́емся ка́ждую сре́ду. 我與老師每個星期三見面。

➢ **Что ты!** 哪有！

- Что ты!（或Что вы!）用來表達對說話者言語或行為的驚訝、驚嚇或持不同意見。

  – Представля́ешь, вчера́ мы съе́ли це́лый пиро́г! 你能想像嗎，昨天我們吃完了整個餡餅！

  – Что вы! Э́то о́чень мно́го! 什麼！這很多耶！

> **Но дово́льно ча́сто, два ра́за в ме́сяц.** 但相當常去，每個月兩次。

- 表達多久幾次時，先講「幾次」，再用前置詞в加第四格表達「多久」。例如два ра́за в день（一天兩次）、пять раз в ме́сяц（一個月五次）。

- 表達多久一次時，оди́н通常省略，直接說раз в день（в неде́лю, в ме́сяц, в год）（一天（一週、一個月、一年）一次）。

- 請注意名詞раз（次）與數詞連用的變化。個位數為два、три、четы́ре時，用單數第二格ра́за；пять以上至два́дцать時，用複數第二格，但раз的複數第二格與單數第一格相同，所以是раз。

Háша семья́ е́здит за грани́цу раз в год. 我們家每年出國一次。

◉ **表格速記：數詞與名詞раз連用**

數詞	規則	多少次 скóлько раз?
1, 21, 31, 101…	+名詞單數第一格	оди́н раз
2, 3, 4, 22, 23, 154…	+名詞單數第二格	два, три, четы́ре ра́за
5-20, 25, 56, 187…	+名詞複數第二格	пять, шесть, семь, сто раз

實用詞彙

家用電器 🎧 MP3-03

га́зовая плита́	瓦斯爐
духо́вка	烤箱
микроволно́вка	微波爐
мультива́рка	多功能電子爐
соковыжима́лка	榨汁機
кофемаши́на	咖啡機
ку́хонная вы́тяжка	抽油煙機
бо́йлер	熱水器
кондиционе́р	冷氣機
напо́льный вентиля́тор	直立式電風扇
обогрева́тель	電暖器
осуши́тель во́здуха	除溼機
увлажни́тель во́здуха	空氣加溼器
ро́бот-пылесо́с	掃地機器人
посудомо́ечная маши́на	洗碗機
стира́льная маши́на	洗衣機
суши́льная маши́на	烘衣機
электри́ческая зубна́я щётка	電動牙刷
электробри́тва	電動刮鬍刀
у́мная коло́нка	智慧音箱

服飾鞋類 MP3-04

бе́лая футбо́лка	白色T恤
кле́тчатая руба́шка	方格襯衫
уко́роченная блу́зка	女式短衫
вя́заный сви́тер	針織毛衣
спорти́вный костю́м	運動服
джи́нсовая ку́ртка	牛仔外套
мехова́я шу́ба	毛皮大衣
свобо́дная пижа́ма	寬鬆睡衣
ни́жнее бельё	內衣
широ́кие брю́ки	寬版長褲
прямы́е джи́нсы	直筒牛仔褲
повседне́вные шо́рты	休閒短褲
ми́ни-ю́бка	迷你裙
коро́ткие носки́	短襪
де́тские колго́тки	兒童褲襪
ни́зкие кроссо́вки	低筒運動鞋
дома́шние та́почки	居家拖鞋
откры́тые санда́лии	露趾涼鞋
ту́фли на высо́ком каблуке́	高跟鞋
ко́жаные сапоги́	皮靴

語法解析：第四格（非動物名詞）

❶ 表達動作直接涉及的事物

➤ Ю́рий смо́трит ру́сский фильм. 尤里看俄國片。

➤ Ива́н чита́ет интере́сную кни́гу. 伊凡讀有趣的書。

- 放在動詞後面表達動作直接涉及的事物時，該詞需用第四格。以「чита́ть интере́сную кни́гу」為例，кни́гу是陰性名詞кни́га第四格形式，表達чита́ть（閱讀）這個動作的直接對象，此時修飾名詞的形容詞интере́сную也需變成第四格，其原形是интере́сная кни́га。

- 形容詞與非動物名詞連用時，陽性、中性與複數的第四格跟第一格相同，也就是詞尾不需變化。而陰性名詞-a結尾的第四格需改成-y，-я結尾需改成-ю；陰性名詞前的形容詞-ая結尾的第四格需改成-ую，-яя結尾需改成-юю。

◉ **表格速記：形容詞第四格（非動物名詞）**

格	陽性			中性		陰性		複數	
一	-ый	-о́й	-ий	-ое	-ее	-ая	-яя	-ые	-ие
四						-ую	-юю		

※ 本課僅介紹形容詞與非動物名詞連用第四格變化方式。動物名詞第四格變化方式請見第三課。

- 疑問代詞какóй（怎麼樣的，哪一個）在句子中也需跟著後接名詞變格。

◎ **表格速記：疑問代詞какóй第四格（非動物名詞）**

格	陽性	中性	陰性	複數
一	какóй	какóе	каká́я	каки́е
四			каку́ю	

– Какóй чай ты заказа́л? 你點了什麼茶？
– Я заказа́л зелёный чай. 我點了綠茶。

– Каку́ю му́зыку слу́шает На́дя? 娜佳聽什麼音樂？
– Она́ слу́шает класси́ческую му́зыку. 她聽古典音樂。

小試身手❶：請按照提示詞，用完整的句子回答。

1. Каку́ю плиту́ купи́л Анто́н? (совреме́нный га́зовый)

_____

2. Какóй костю́м но́сит э́тот шко́льник? (но́вый спорти́вный)

_____

3. Каки́е носки́ вы и́щете? (си́ний коро́ткий)

_____

4. Каку́ю маши́ну хо́чет посмотре́ть тётя Та́ня? (неме́цкий посудомо́ечный)

_____

5. Какóе пальто́ лу́чше вы́брать? (тёплый мехово́й)

_____

❷ 表達自己的某人或某物

> ➢ Сестра́ забы́ла свой кошелёк до́ма. 姊姊把自己的錢包忘在家裡。

> ➢ Оте́ц хо́чет прода́ть свою́ ста́рую маши́ну. 父親想賣掉自己的舊車。

- 第一人稱物主代詞мой（我的）和наш（我們的），以及第二人稱物主代詞твой（你的）和ваш（你們的，您的），還有свой（自己的），這些詞彙在句子中需與後面接的名詞的性、數、格一致，也就是名詞變成第幾格，物主代詞也需跟著變化。而第三人稱его́（他的）、её（她的）、их（他們的）只有一種形式，不需變化。

- мой、твой、свой變格方式相同。наш、ваш變格方式相同。

◉ **表格速記：物主代詞мой、наш第四格（非動物名詞）**

格	陽性		中性		陰性		複數	
一	мой	наш	моё	на́ше	моя́	на́ша	мой	на́ши
四					мою́	на́шу		

- 疑問代詞чей（誰的）的性、數、格也需與後接名詞一致。

◉ **表格速記：疑問代詞чей第四格（非動物名詞）**

格	陽性	中性	陰性	複數
一	чей	чьё	чья	чьи
四			чью	

– Чью ша́пку но́сит Ната́ша? 娜塔莎戴誰的毛帽？
– Она́ но́сит мою́ ша́пку. 她戴我的毛帽。

– Чью маши́ну он слома́л? 他弄壞了誰的車？
– Он слома́л на́шу маши́ну. 他弄壞了我們的車。

- 當句中客體所有者與主體是同一人時，需用свой（自己的）。當主詞是第一與第二人稱時，句中客體所有者通常不使用мой、твой、наш、ваш，避免與主詞重複，而是使用свой。

➢ Я люблю́ ~~моё~~ / своё но́вое пла́тье. 我喜愛自己的新連衣裙。

➢ Ты ча́сто теря́ешь ~~твои́~~ / свои́ ключи́? 你時常弄丟自己的鑰匙嗎？

- 當主詞是第三人稱時，需特別注意句中客體所有者是否與主詞是同一人。如果是同一人，需用свой。

➢ Наконе́ц Ири́на нашла́ свой люби́мый зо́нтик. 伊琳娜終於找到了自己心愛的雨傘。
　※雨傘是伊琳娜自己的。

➢ Наконе́ц Ири́на нашла́ её люби́мый зо́нтик. 伊琳娜終於找到了她心愛的雨傘。
　※雨傘不是伊琳娜自己的，而是某個女生的。

小試身手 2 ：請填入物主代詞正確形式。

1. **Ви́ктор:** Приве́т, Со́ня! Зна́ешь, вчера́ я забы́л _____ перча́тки в аудито́рии.

   Со́ня: Я сего́дня ви́дела, что _____ перча́тки ещё там.

   Ви́ктор: Пра́вда? Сла́ва бо́гу! Это же _____ люби́мые перча́тки.

2. **Сын:** Ма́ма, ты ви́дела _____ бе́лую руба́шку?

   Ма́ма: Нет, не ви́дела. Ты не по́мнишь, куда́ ты положи́л _____ руба́шку?

   Сын: Не по́мню. Мо́жет быть, па́па взял _____ руба́шку, потому́ что _____ руба́шка лежи́т тут.

❸ 表達出發去、來到、離開去某處

➤ Утром мы поза́втракали и пошли́ на рабо́ту. 早上我們吃完早餐後去上班。

➤ Све́та прие́хала в Росси́ю в про́шлую суббо́ту. 斯薇塔於上週六來到了俄國。

- 運動動詞分為「未帶前綴」與「帶前綴」。

- 未帶前綴運動動詞都是未完成體，按照「移動方向」可分為兩種：

  1. 單一、固定方向的定向運動動詞，例如：идти́、е́хать。

  2. 來回、重複移動的不定向運動動詞，例如：ходи́ть、е́здить。

- 未帶前綴運動動詞前方加上前綴，即形成帶前綴運動動詞，此類動詞已經沒有方向的意義，而是具有「體」的意義，基本原則如下：

  1. 前綴加不定向運動動詞為未完成體，例如：при- + ходи́ть → приходи́ть。

  2. 前綴加定向運動動詞為完成體，例如：при- + идти́ → прийти́。

- 本課介紹定向運動動詞加上**по-**、**при-**、**y-**等前綴所表達的意義。

- 運動動詞前綴**по-**表達出發、前往、開始移動，與定向運動動詞**идти́**、**éхать**結合，形成完成體動詞**пойти́**、**поéхать**。其過去時（**пошёл**、**поéхал**）表達已經出發、在路上了，而將來時（**пойду́**、**поéду**）表達預計、打算去某處。

- 上述動詞後面可接：
  1. 前置詞**в**或**на**加第四格，表達「去哪裡」。
  2. 前置詞**к**加第三格，表達「去找誰」。
  3. 動詞不定式，表達「去做什麼事」。

➢ **Заня́тие зако́нчилось, и Алекса́ндр пошёл в студе́нческую столо́вую обе́дать.** 下課了，亞歷山大去學生食堂吃午餐。

➢ **Они́ взя́ли все ве́щи и поéхали в дере́вню.** 他們拿了所有東西並出發去鄉村了。

小叮嚀

表達說話後的動作，可用**идти́**、**éхать**現在時，或**пойти́**、**поéхать**將來時。兩者差別在於，**идти́**、**éхать**表達一定會做的動作，而**пойти́**、**поéхать**表達預計、打算做的動作。

- 運動動詞前綴при-表達來到、到達，與定向運動動詞идти́、éхать結合，形成完成體動詞прийти́、прие́хать。其過去時（пришёл、прие́хал）表達已經來到某處了，而將來時（приду́、прие́ду）表達預計、打算來到某處。

- 上述動詞後面可接：

    1. 前置詞из或c加第二格，表達「來自哪裡」。

    2. 前置詞в或на加第四格，表達「來到哪裡」。

    3. 前置詞от加第二格，表達「從誰那裡來」。

    4. 前置詞к加第三格，表達「來找誰」。

    5. 動詞不定式，表達「來做什麼事」。

➢ Сего́дня Евге́ний пришёл в университе́т в 9 часо́в. 今天葉甫蓋尼於9點來到學校了。

➢ Ру́сский гость уже́ прие́хал в наш го́род. 俄國訪客已經來到我們的城市了。

- 運動動詞前綴у-表達離開，與定向運動動詞идти́、е́хать結合，形成完成體動詞уйти́、уе́хать。其過去時（ушёл、уе́хал）表達已經離開某處了，而將來時（уйду́、уе́ду）表達預計、打算離開某處。

- 上述動詞後面可接：
  1. 前置詞из或с加第二格，表達「從哪裡離開」。
  2. 前置詞в或на加第四格，表達「離開去哪裡」。
  3. 前置詞от加第二格，表達「從誰那裡離開」。
  4. 前置詞к加第三格，表達「離開去找誰」。
  5. 動詞不定式，表達「離開去做什麼事」。

➢ Оле́га нет до́ма. Он ушёл в Большо́й теа́тр на о́перу. 奧列格不在家。他離開去大劇院聽歌劇了。

➢ Пётр уе́хал из Росси́и в Евро́пу, когда́ ему́ бы́ло 18 лет. 彼得在18歲時離開俄羅斯去歐洲了。

◉ **表格速記：動詞пойти́、прийти́、уйти́、пое́хать、прие́хать、уе́хать過去時**

人稱	пойти́	прийти́	уйти́	пое́хать	прие́хать	уе́хать
он	пошёл	пришёл	ушёл	пое́хал	прие́хал	уе́хал
она́	пошла́	пришла́	ушла́	пое́хала	прие́хала	уе́хала
они́	пошли́	пришли́	ушли́	пое́хали	прие́хали	уе́хали

◉ **表格速記：動詞пойти́、прийти́、уйти́、пое́хать、прие́хать、уе́хать將來時**

人稱	пойти́	прийти́	уйти́	пое́хать	прие́хать	уе́хать
я	пойду́	приду́	уйду́	пое́ду	прие́ду	уе́ду
ты	пойдёшь	придёшь	уйдёшь	пое́дешь	прие́дешь	уе́дешь
он / она́	пойдёт	придёт	уйдёт	пое́дет	прие́дет	уе́дет
мы	пойдём	придём	уйдём	пое́дем	прие́дем	уе́дем
вы	пойдёте	придёте	уйдёте	пое́дете	прие́дете	уе́дете
они́	пойду́т	приду́т	уйду́т	пое́дут	прие́дут	уе́дут

※ прийти́將來時的變化，需去掉й。

小試身手③：請將單詞組成完整的句子，詞序不變。

1. За́втра / студе́нты / уе́хать / Центра́льная Евро́па.

   _____

2. Ксе́ния и Бори́с / прийти́ 過去時 / Истори́ческий музе́й / смотре́ть интере́сные вы́ставки.

   _____

3. Ра́но у́тром / Лари́са / пойти́ 過去時 / люби́мое кафе́ / за́втрак.

   _____

4. Ле́том / Влади́мир / пое́хать 將來時 / Южная Коре́я.

   _____

5. Пётр Петро́вич / уе́хать 過去時 / Чёрное мо́ре / отдыха́ть.

   _____

短文

短文  MP3-05 請聽音檔，並跟著一起念。

Ива́н у́чится в магистрату́ре. Он серьёзно изуча́ет ру́сскую исто́рию. Он ча́сто хо́дит в университе́тскую библиоте́ку иска́ть ну́жные материа́лы и брать кни́ги. А когда́ у него́ есть свобо́дное вре́мя, он чита́ет ру́сскую литерату́ру.

Ра́ньше Ива́н приме́рно раз в неде́лю ходи́л в кни́жный магази́н «Дом кни́ги» смотре́ть нови́нки. Но э́тот магази́н нахо́дится далеко́ от его́ до́ма, поэ́тому в после́днее вре́мя он предпочита́ет выбира́ть но́вые кни́ги в Интерне́те.

Его́ люби́мый онла́йн-магази́н называ́ется «Литре́с». Здесь мо́жно купи́ть и скача́ть разли́чные кни́ги. Неда́вно на э́том са́йте Ива́н купи́л свою́ пе́рвую электро́нную кни́гу. Это истори́ческий рома́н Пу́шкина «Капита́нская до́чка». Ива́н чита́л э́тот рома́н ка́ждый день, и в про́шлую суббо́ту он уже́ прочита́л его́. Этот рома́н Ива́ну о́чень понра́вился.

伊凡正在讀碩士班。他很認真地研究俄羅斯歷史。他時常去大學圖書館找需要的資料與借書。而當他有空的時候，他讀俄羅斯文學。

之前伊凡大約每週一次去書屋書店看新書。但這間店離他家太遠了，所以最近他比較喜歡在網路上挑選新書。

他喜愛的網路商店稱為「Litres」。這裡可以購買與下載各式各樣的書籍。不久前在這個網站上伊凡買了自己的第一本電子書。這是普希金的歷史小説《上尉的女兒》。伊凡每天讀這部小説，而且在上星期六他已經讀完了它。伊凡非常喜歡這部小説。

請再閱讀短文一次，並回答問題。

1. В каку́ю библиоте́ку ча́сто хо́дит Ива́н?

_____

2. Каку́ю литерату́ру чита́ет Ива́н в свобо́дное вре́мя?

_____

3. Как ча́сто ра́ньше Ива́н ходи́л в кни́жный магази́н?

_____

4. Куда́ ра́ньше Ива́н ходи́л смотре́ть нови́нки?

_____

5. Како́й рома́н Ива́н прочита́л в про́шлую суббо́ту?

_____

俄電影

莫斯科不相信眼淚
Москва́ слеза́м не ве́рит

　　本片由弗拉基米爾・緬紹夫（Влади́мир Меншо́в）執導，莫斯科電影製片廠出品，共兩集，1979年首映。本片榮獲1981年奧斯卡最佳外語片獎與蘇聯國家獎。

　　上集故事發生在1958年。三位年輕女孩從小鎮來到首都莫斯科生活與工作，並尋找自己的幸福。卡捷琳娜（Катери́на）堅強勤奮，安東妮娜（Антони́на）溫柔嫻靜，柳德米拉（Людми́ла）熱情活潑。她們一起住在工人宿舍。

　　卡捷琳娜因考試失常，所以先到工廠當檢修鉗工。安東妮娜與未婚夫尼古拉（Никола́й）在工地工作。而在麵包廠工作，但心思主要在尋找另一半的柳德米拉，在得知卡捷琳娜即將暫時搬去親戚教授的高級住宅幫忙看家時，也要求一起搬去，更要卡捷琳娜與她假扮成教授女兒，在此住宅中舉辦名流人士聚會。雖然卡捷琳娜極度不願，但還是答應了，並在此認識了電視臺攝影師魯道夫（Рудо́льф），兩人隨即陷入熱戀。某天，電視臺記者到卡捷琳娜的工廠採訪，這卻讓魯道夫意外得知她的真實身分而大為震驚，拋棄了懷有身孕的卡捷琳娜後獨自離去。

　　下集故事為上世紀70年代末。卡捷琳娜一邊苦讀進修，一邊獨自將女兒亞歷山德拉（Алекса́ндра）撫養長大。現今，卡捷琳娜已經是大型化工企業經理。她的工廠再度接受電視臺採訪，這讓她與魯道夫再次相遇。魯道夫沒料到卡捷琳娜能有今日的身分地位，並要求見自己的女兒，只是卡捷琳娜已對他徹底死心，斷然拒絕任何請求。

　　某日卡捷琳娜與好友們聚會後，獨自搭電車回莫斯科。在車上她遇見了風度翩翩、冷靜沉穩的電焊工格沙（Го́ша）。兩人交談後，卡捷琳娜深深被格沙吸引，只是一直不敢向他吐露自己的職業。

　　當卡捷琳娜終於找到真愛時，格沙卻因為兩人不對等的社會地位而產生誤會，甚至失去音訊，這讓卡捷琳娜和姐妹們焦急萬分，眾人坐在卡捷琳娜的房間安慰她。此時，柳德米拉態度堅定地說：「莫斯科不相信眼淚，在這裡哭沒用，應該採取行動。」最後在尼古拉的協助下，兩人終於再度重逢。在這座偌大都市裡遭遇不順心時，膽小怯懦無濟於事，只有收拾好自己的情緒，勇敢起身向前行，才能給自己更多機會。

02 | Второ́й уро́к

Я живу́ в ти́хом райо́не

我住在安靜的區域

1. 學會表達住家環境相關詞彙與順序數詞
2. 學會表達言語思維內容
3. 學會表達某人或某物的位置
4. 學會表達在上週、這週、下週（月、年）

На́до, Фе́дя, на́до!
需要，費佳，需要！

🤝 會話 🎧 MP3-06　請聽音檔，並跟著一起念。

Эмма:	Лу́кас, ты уже́ живёшь в свое́й но́вой кварти́ре?

盧卡斯，你已經住在自己的新住宅了嗎？

Лу́кас:	Да. Я перее́хал туда́ на про́шлой неде́ле.

是的。我上個星期搬到那裡。

Эмма:	Расскажи́ о ней! В како́м райо́не ты тепе́рь живёшь?

說一說它吧！你現在住在怎麼樣的區域？

Лу́кас:	Я живу́ в ти́хом райо́не. Наш дом постро́или неда́вно, в 2015 году́. Я живу́ на второ́м этаже́. В мое́й кварти́ре есть одна́ широ́кая све́тлая ко́мната, чи́стая ку́хня, ва́нная и отде́льный туале́т.

我住在安靜的區域。我們的房子是在不久前、2015年蓋好的。我住在二樓。在我的住宅裡有一間寬敞明亮的房間、乾淨的廚房、浴室和獨立的廁所。

Эмма:	Я то́же мечта́ю о тако́й кварти́ре. В на́шем общежи́тии то́лько у́зкая ко́мната и гря́зная ку́хня.

我也夢想著那樣的住宅。在我們宿舍裡只有狹窄的房間和骯髒的廚房。

Лу́кас:	А почему́ ты не хо́чешь снима́ть кварти́ру?

那為什麼妳不租房子呢？

Эмма:	Ну, жить здесь всё-таки удо́бно и дёшево. Ря́дом есть ста́нция метро́ и суперма́ркет. Когда́ у тебя́ бу́дет новосе́лье?

嗯，住在這裡畢竟還是方便且便宜。旁邊有地鐵站和超市。你什麼時候將有新居宴會呢？

Лу́кас:	Ой, я совсе́м забы́л об э́том. В э́ти дни я сли́шком за́нят. На сле́дующей неде́ле тебя́ устро́ит?

哎呀，我完全忘了這件事。這幾天我太忙了。下週妳方便嗎？

Эмма:	Да! Уже́ жду с нетерпе́нием.

是的！我已經等不及了。

Лу́кас:	Когда́ вы́беру день, сра́зу сообщу́.

當我挑選好日子，我將立刻通知。

🔔 單詞＆俄語這樣說

單詞 🎧 MP3-07

俄語	詞性	中文
всё-таки	語	畢竟，終究，還是
вы́брать (вы́беру, вы́берешь)	完	選擇，挑選
гря́зный	形	髒的，不乾淨的
дёшево	副	便宜地，廉價地
мечта́ть	未	夢想，幻想
нетерпе́ние	中	不耐煩，急不可待
новосе́лье	中	新居酒宴，喬遷酒宴
отде́льный	形	單獨的，單個的
постро́ить (постро́ю, постро́ишь)	完	建築，建造
про́шлый	形	過去的，上次的
райо́н	陽	地區，區域，區
рассказа́ть (расскажу́, расска́жешь)	完	講，說，敘述
сле́дующий	形	其次的，下一個的
сли́шком	副	太，過於，過分
снима́ть	未	租下來
совсе́м	副	完全，十分，充分
сообщи́ть (сообщу́, сообщи́шь)	完	通知，報告，宣布
устро́ить (устро́ю, устро́ишь)	完	對⋯⋯方便，對⋯⋯合適

俄語這樣說

➢ **Наш дом постро́или неда́вно, в 2015 (две ты́сячи пятна́дцатом) году́.**
我們的房子是在不久前、2015年蓋好的。

- 本句不是強調是誰蓋好房子，而是強調動作本身，所以使用不定人稱句，此類句型要求動詞使用複數第三人稱形式。

  В Волгогра́де отмени́ли сего́дняшний конце́рт. 在伏爾加格勒取消了今日的音樂會。

- 表達在哪一年時，需用前置詞в加第六格，但是只有最後一位數用順序數詞者需變第六格，變化方式與形容詞相同，請看第048頁。其他位數用定量數詞，而且不變格。

- 順序數詞тре́тий（第三）的變格方式與其他詞不同，需特別注意。

◉ **表格速記：順序數詞тре́тий第六格**

格	陽性	中性	陰性	複數
一	тре́тий	тре́тье	тре́тья	тре́тьи
六	тре́тьем	тре́тьем	тре́тьей	тре́тьих

- ты́сяча（千）是陰性名詞，所以數詞два需變成две。數詞個位數為два (две)、три、четы́ре時，後接名詞需變成單數第二格，所以是две ты́сячи。

  Па́вел на́чал рабо́тать инжене́ром в 1993 (ты́сяча девятьсо́т девяно́сто тре́тьем) году́. 帕維爾於1993年開始當工程師。

➢ **Я живу́ на второ́м этаже́.** 我住在二樓。

- 表達位於哪個樓層時，需用前置詞на加順序數詞第六格。

  Наш о́фис нахо́дится на два́дцать шесто́м этаже́. 我們的辦公室位於二十六樓。

➢ **На сле́дующей неде́ле тебя́ устро́ит?** 下週妳方便嗎？

- 動詞устра́ивать 未、устро́ить 完 加動物名詞第四格，可表達對某人方便、合適。

  Я не ду́маю, что Са́шу устро́ят таки́е усло́вия. 我不認為薩沙適合那些條件。

➢ **Уже́ жду с нетерпе́нием.** 我已經等不及了。

- 表達懷著、帶著某種狀態時，可用前置詞с加名詞或形容詞詞組第五格，例如с удово́льствием（愉快地，榮幸地）、с трудо́м（費力地）、с интере́сом（有興趣地）、с ра́достью（高興地）。

  Студе́нт с больши́м трудо́м перевёл э́тот текст на испа́нский язы́к. 學生非常費力地將這篇文章翻譯成西班牙文。

實用詞彙

住家環境 🎧 MP3-08

двор	院子，庭院
парко́вка	停車場
гара́ж	車庫
подъе́зд	正門，大門，入口
ле́стница [сн]	樓梯
лифт	電梯
кры́ша	屋頂
черда́к	閣樓
подва́л	地下室，地窖
потоло́к	天花板
прихо́жая	玄關，門廳
коридо́р	走廊
гости́ная	客廳
спа́льня	臥室
де́тская	兒童房
столо́вая	飯廳
ва́нная	浴室，洗澡間
гардеро́бная	置衣間，衣帽室
кладова́я	貯藏室
балко́н	陽臺

順序數詞 MP3-09

пе́рвый	第一	оди́ннадцатый	第十一
второ́й	第二	двена́дцатый	第十二
тре́тий	第三	трина́дцатый	第十三
четвёртый	第四	четы́рнадцатый	第十四
пя́тый	第五	пятна́дцатый	第十五
шесто́й	第六	шестна́дцатый	第十六
седьмо́й	第七	семна́дцатый	第十七
восьмо́й	第八	восемна́дцатый	第十八
девя́тый	第九	девятна́дцатый	第十九
деся́тый	第十	со́тый	第一百
двадца́тый	第二十	двухсо́тый	第二百
тридца́тый	第三十	трёхсо́тый	第三百
сороково́й	第四十	четырёхсо́тый	第四百
пятидеся́тый	第五十	пятисо́тый	第五百
шестидеся́тый	第六十	шестисо́тый	第六百
семидеся́тый	第七十	семисо́тый	第七百
восьмидеся́тый	第八十	восьмисо́тый	第八百
девяно́стый	第九十	девятисо́тый	第九百
ты́сячный	第一千	двухты́сячный	第兩千

語法解析：第六格

❶ 表達言語思維內容

> Ни́на мечта́ет о до́ме. 妮娜夢想著房子。

> Де́ти ду́мают о роди́телях. 孩子們想著父母。

- 表達言語思維內容，例如想著（ду́мать 未、поду́мать 完）、說（говори́ть 未、сказа́ть 完）、講述（расска́зывать 未、рассказа́ть 完）、夢想（мечта́ть 未）、回想（вспомина́ть 未、вспо́мнить 完）、忘記（забыва́ть 未、забы́ть 完）關於某人或某物時，可用前置詞о加第六格。

- 名詞變格時，需先確認該詞的性與詞尾，再對照表格變化。例如дом為陽性子音結尾，其單數第六格為до́ме，複數第六格為дома́х。

◎ **表格速記：名詞第六格**

數格	陽性				中性			陰性			
單一	-子音	-й	-ий	-ь	-о	-е	-ие	-а	-я	-ия	-ь
單六	-е	-е	-ии	-е	-е	-е	-ии	-е	-е	-ии	-и
複六	-ах	-ях	-иях	-ях	-ах	-ях	-иях	-ах	-ях	-иях	-ях, -ах[1]

[1] -жь, -чь, -шь, -щь：去掉-ь，加上-ах

– О чём мечта́ет э́тот молодо́й челове́к? 這位年輕人夢想著什麼？
– Он мечта́ет об о́тпуске и о путеше́ствии. 他夢想著休假與旅行。

– О чём они́ ча́сто спо́рят? 他們時常爭論什麼？
– Они́ ча́сто спо́рят о деньга́х. 他們時常爭論關於錢的事。

> **小叮嚀**
>
> 前置詞о後面接а、и、у、э、о等母音開頭的單詞時，需改成об，例如：об Ива́не（關於伊凡）、об Анне（關於安娜）、об исто́рии（關於歷史）。

小試身手①：請按照提示詞，用完整的句子回答。

1. О ком ча́сто вспомина́ет Дми́трий? (ба́бушка, де́душка и роди́тели)

   _____

2. О ком сейча́с расска́зывает преподава́тель? (Алекса́ндр Пу́шкин, Никола́й Го́голь и Анто́н Че́хов)

   _____

3. О чём пи́шется в э́той кни́ге? (литерату́ра, иску́сство и му́зыка)

   _____

4. О ком спра́шивает Анна Ива́новна? (студе́нт и друг 複數)

   _____

5. О чём лю́бит говори́ть Ви́ктор? (фильм, кни́га и пе́сня 複數)

   _____

- 前置詞o與代詞單數第一人稱（я）第六格連用時，需變成обо。而與代詞第三人稱
（он、она́、они́）第六格連用時，代詞前面需加上н。

◉ **表格速記：前置詞o與人稱代詞第六格連用**

格	我	你，妳	他，它	她	我們	你們，您	他們
一 кто?	я	ты	он, оно́	она́	мы	вы	они́
六 о ком?	обо мне	о тебе́	о нём	о ней	о нас	о вас	о них

- 反身代詞себя́（自己）沒有第一格形式，也沒有性與數的變化。

◉ **表格速記：反身代詞себя́各格變化**

第二格	第三格	第四格	第五格	第六格
себя́	себе́	себя́	собо́й	о себе́

➤ Мы обожа́ем ру́сскую ку́хню. Мы ча́сто разгова́риваем о ней. 我們熱愛俄
羅斯料理。我們時常聊關於它的事。

➤ Он эгои́ст. Он всегда́ ду́мает то́лько о себе́. 他是自私的人。他總是只想到自
己。

小試身手②：請填入人稱代詞正確形式。

1. **Антóн:** Ивáн, почемý ты вчерá нé был на вечери́нке? Сáша как раз спрáшивал

   _____.

   Ивáн: _____? Почемý? Что случи́лось?

   Антóн: Он хóчет узнáть, что ты дýмаешь о Натáше.

   Ивáн: О Натáше? Почемý _____?

   Антóн: Тóчно не знáю, навéрное, ты рáньше чáсто говори́л _____.

2. **Мáша:** О чём ты мечтáешь? Об óтдыхе?

   Сáша: Да, ещё бы, _____.

3. **Анна:** Серёжа, когдá ты уéдешь в Росси́ю, мы с Андрéем бýдем óчень скучáть по тебé. Тебé обязáтельно нáдо чáсто вспоминáть _____.

   Серёжа: Конéчно. Я никогдá не забýду _____.

❷ 表達某人或某物的位置

➢ Бори́с уже́ привы́к жить в большо́м го́роде. 鮑里斯已經習慣住在大城市。

➢ Ни́на берёт кни́ги в городско́й библиоте́ке. 妮娜在市立圖書館借書。

- 表達某人或物位於某處時，可用前置詞в或на加第六格。其中，前置詞в表達在某空間範圍內，而на表達在某物上面、開闊空間，或是某活動事件。名詞前的代詞與形容詞也需變成第六格。

◉ **表格速記：形容詞第六格**

格	陽性			中性		陰性		複數	
一	-ый	-о́й	-ий	-ое	-ее	-ая	-яя	-ые	-ие
六	-ом	-о́м	-ем, -ом[1]	-ом	-ем	-ой, -ей[2]	-ей	-ых	-их

[1] -г-, -к-, -х-：加上-ом

[2] -ж-, -ч-, -ш-, -щ-：重音在詞幹時，加上-ей

➢ Су́здаль — э́то стари́нный го́род в Золото́м кольце́ Росси́и. 蘇茲達里是俄羅斯金環上歷史悠久的城市。

➢ Константи́н — изве́стный худо́жник. Он ча́сто уча́ствует в ра́зных междунаро́дных вы́ставках. 康士坦丁是著名畫家。他時常參加不同的國際展覽。

小叮嚀

уча́ствовать為未完成體動詞，加前置詞в與第六格，表達參加某活動。請注意其現在時變位，需先去掉ова，加上у，之後再加上與人稱和數相符的詞尾。

◉ **表格速記：疑問代詞како́й第六格**

格	陽性	中性	陰性	複數
一	како́й	како́е	кака́я	каки́е
六	како́м	како́м	како́й	каки́х

– На како́м ряду́ нахо́дятся на́ши места́? 我們的位子在哪一排？

– Они́ нахо́дятся на после́днем ряду́. 它們在最後一排。

– В како́й компа́нии рабо́тает ваш оте́ц? 您的父親在什麼公司工作？

– Он рабо́тает в япо́нской компа́нии. 他在日本公司工作。

小試身手❸：請按照提示詞，用完整的句子回答。

1. На како́м заво́де вы бу́дете рабо́тать? (Пе́рвый хими́ческий)

   _____

2. В како́й больни́це лежи́т Ва́ня? (Центра́льный де́тский)

   _____

3. В како́м кафе́ друзья́ обе́дали вчера́? (хоро́ший недорого́й)

   _____

4. В каки́х суперма́ркетах Ни́на лю́бит покупа́ть о́вощи и фру́кты?
   (совреме́нный большо́й)

   _____

5. В каки́х города́х выступа́л э́тот певе́ц? (росси́йский и европе́йский)

   _____

- 表達某人或物站立（стоя́ть）、平放（лежа́ть）、懸掛（висе́ть）在某處時，可用前置詞в或на加第六格。

  1. стоя́ть表達某人或物用腳站立，或以較小的面積接觸站立面。

  2. лежа́ть表達某人或物躺、擺放在某處，或以較大面積接觸平放面。

  3. висе́ть表達某物懸掛在牆面上。

◉ **表格速記：動詞стоя́ть、лежа́ть、висе́ть現在時**

人稱	стоя́ть	лежа́ть	висе́ть
я	стою́	лежу́	вишу́
ты	стои́шь	лежи́шь	виси́шь
он / она́	стои́т	лежи́т	виси́т
мы	стои́м	лежи́м	виси́м
вы	стои́те	лежи́те	виси́те
они́	стоя́т	лежа́т	вися́т

- 第一人稱與第二人稱的物主代詞，需與後接名詞的性、數、格一致。第三人稱則不需變化。

◉ **表格速記：物主代詞мой、наш第六格**

格	陽性		中性		陰性		複數	
一	мой	наш	моё	на́ше	моя́	на́ша	мои́	на́ши
六	моём	на́шем	моём	на́шем	мое́й	на́шей	мои́х	на́ших

➢ На́ша маши́на стои́т в его́ ма́леньком гараже́. 我們的車子停在他的小車庫裡。

➢ Твой а́нгло-ру́сский слова́рь лежи́т на моём пи́сьменном столе́. 你的英俄辭典放在我的書桌上。

➢ На на́шей стене́ вися́т часы́, карти́на и календа́рь. 在我們的牆上掛著時鐘、畫和月曆。

小試身手❹：請將單詞組成完整句子，詞序不變。動詞請用現在時。

1. Мои́ тетра́ди / лежа́ть / мой пи́сьменный стол.

    ———————————————————————————————

2. Се́рый чемода́н / стоя́ть / ва́ша пуста́я ко́мната.

    ———————————————————————————————

3. Моя́ зи́мняя ку́ртка / висе́ть / твой но́вый шкаф.

    ———————————————————————————————

4. На́ша ма́ленькая гости́ная / лежа́ть / роско́шный тёплый ковёр.

    ———————————————————————————————

5. Наш большо́й спорти́вный зал / стоя́ть / спорти́вные тренажёры и беговы́е доро́жки.

    ———————————————————————————————

❸ 表達在上週、這週、下週（月、年）

➢ Мы бу́дем сдава́ть экза́мен на э́той неде́ле. 我們將在這週參加考試。

➢ Ремо́нт на ку́хне был в про́шлом году́, а ремо́нт на балко́не бу́дет в сле́дующем ме́сяце. 廚房的整修是在去年，而陽臺的整修將在下個月。

• 表達在哪週（неде́ля）時，需用前置詞на加第六格。而表達在哪月（ме́сяц）、哪年（год）時，需用前置詞в加第六格。

◉ **表格速記：在上週、這週、下週（月、年）**

неде́ля 週	ме́сяц 月	год 年
на про́шлой неде́ле 在上週	в про́шлом ме́сяце 在上個月	в про́шлом году́ 在去年
на э́той неде́ле 在這週	в э́том ме́сяце 在這個月	в э́том году́ 在今年
на сле́дующей неде́ле на бу́дущей неде́ле 在下週	в сле́дующем ме́сяце в бу́дущем ме́сяце 在下個月	в сле́дующем году́ в бу́дущем году́ 在明年，在下一年

- 指示代詞э́тот（這個，這）的性、數、格必需與後接名詞一致。

◉ **表格速記：指示代詞э́тот第六格**

格	陽性	中性	陰性	複數
一	э́тот	э́то	э́та	э́ти
六	э́том	э́том	э́той	э́тих

➢ Мы пое́дем в Росси́ю в сле́дующем ме́сяце. 我們下個月去俄羅斯。

➢ Ста́рший брат поступи́л в университе́т в про́шлом году́. 哥哥在去年上大學了。

小試身手❺：請用括號內的詞完成句子。

1. _____(Этот ме́сяц) Вади́м рабо́тает удалённо.

2. _____(Про́шлая неде́ля) Лю́да слу́шала ру́сскую о́перу.

3. _____(Сле́дующий год) на́ша подру́га бу́дет учи́ться за грани́цей.

4. _____(Этот год) у Татья́ны роди́лся сын.

5. Я перее́ду в другу́ю ко́мнату _____(э́та неде́ля).

短文

短文 🎧 MP3-10　請聽音檔，並跟著一起念。

　　В про́шлом году́ Анна прие́хала из Петербу́рга в Москву́ рабо́тать журнали́стом. Она́ снима́ет одноко́мнатную кварти́ру в спа́льном райо́не. Её кварти́ра нахо́дится на двена́дцатом этаже́. Дава́йте войдём в её кварти́ру и посмо́трим, что в ней есть.

　　Ко́мната у Анны о́чень ую́тная. Здесь стои́т одноме́стная крова́ть. На стене́ виси́т большо́й телеви́зор. На полу́ лежи́т тёплый ковёр. В углу́ стои́т небольшо́й шкаф. У окна́ стои́т пи́сьменный стол. Это рабо́чее ме́сто Анны. Она́ ча́сто здесь прово́дит онла́йн-встре́чи.

　　Анна лю́бит гото́вить в свое́й ку́хне. Здесь есть все необходи́мые ве́щи для ку́хни, таки́е как ку́хонная ме́бель, холоди́льник, обе́денный стол, а та́кже посу́да. Но са́мое люби́мое ме́сто Анны в кварти́ре — э́то не ку́хня, а балко́н, так как на балко́не стоя́т сто́лик и кре́сло. Здесь и прекра́сный вид на Москву́. Анна сиди́т здесь почти́ ка́ждый ве́чер.

去年安娜從彼得堡來到莫斯科從事記者工作。她在住宅區租單房公寓。她的住所位於十二樓。讓我們一起進入她的住所，並看一看它裡面有什麼吧。

安娜的房間非常舒適。這裡有單人床。牆上掛著大電視。地上擺放著溫暖的地毯。角落立著不大的櫃子。窗戶旁有書桌。這是安娜工作的地方。她時常在這裡舉行線上會議。

安娜喜愛在自己的廚房做飯。這裡有廚房所有必備的東西，例如廚櫃、冰箱、餐桌，以及碗盤。但是住所裡安娜最喜愛的地方不是廚房，而是陽臺，因為陽臺上有小桌子和單人扶手椅。這裡還有莫斯科美麗的景色。安娜幾乎每天晚上都待在這裡。

請再閱讀短文一次，並回答問題。

1. В како́м райо́не Анна снима́ет кварти́ру?

_____

2. На како́м этаже́ нахо́дится её кварти́ра?

_____

3. Где нахо́дятся телеви́зор и ковёр?

_____

4. Где стоя́т пи́сьменный стол и сто́лик?

_____

5. Анна лю́бит проводи́ть ве́чер в ку́хне?

_____

俄電影

Y計畫與舒里克的冒險故事
Операция «Ы» и другие приключения Шурика

　　本片為蘇聯經典喜劇，由列昂尼德・蓋達伊（Леонид Гайдай）執導，莫斯科電影製片廠出品，1965年首映。

　　本片由〈搭檔〉（Напарник）、〈奇幻怪事〉（Наваждение），以及〈Y計畫〉（Операция «Ы»）等三個短篇故事組成，講述由亞歷山大・傑米亞年科（Александр Демьяненко）飾演的舒里克（Шурик）人生中遭遇的三個冒險奇遇事件。故事背景是1960年代中期的莫斯科，舒里克是理工學院大學生，課餘時在建築工地打工。他外表憨厚老實，為人謙虛有禮、心地善良、熱心助人，在打抱不平的同時，又常做出笨手笨腳的搞笑行為。

　　在〈搭檔〉中，大個子費佳（Федя）在公車內占位，不讓座給孕婦，因此舒里克喬裝成視障人士見義勇為。費佳識破後惱羞成怒，鬧得整車人仰馬翻，結果被送進警察局。在眾人作證下，費佳被判罰勞動十五天。

　　費佳被發派到建築工地工作，但是他萬萬沒想到，自己的搭檔竟然就是死對頭舒里克。費佳總是混水摸魚、藉機偷懶，只有吃飯休息時最認真。有一次，舒里克趁費佳熟睡時，藉著打他臉上的蒼蠅順便教訓他一下，結果費佳再度勃然大怒，開始與舒里克打鬧起來，兩人互相追趕，互設陷阱想讓對方敗退，最後費佳掉入舒里克的圈套中。當舒里克拿起藤條準備教訓費佳時，費佳低聲求饒說：「也許，不需要這樣啊，舒里克？我再也不敢了。」但舒里克還是堅持給他顏色瞧瞧，並認真嚴肅地回答：「需要，費佳，需要！」現今這句經典臺詞也常被用於要求對方做其不願意、使其不愉快的事情時。

　　另外，〈奇幻怪事〉是講述舒里克的校園生活與戀愛故事。而在〈Y計畫〉中除了舒里克之外，還可見到導演蓋達伊為脫線喜劇電影塑造的三位反英雄角色，分別是膽小鬼（Трус）、老江湖（Бывалый）與笨蛋（Балбес）。在本片最後，機警的舒里克成功揭穿了上述三人的Y計畫詭計。

03 | Тре́тий уро́к

Я давно́ не ви́дела своего́ ста́ршего бра́та

我很久沒見到自己的哥哥了

 學習目標

1. 學會表達外表面貌與行為個性相關詞彙
2. 學會表達動作直接涉及的人
3. 學會表達某人或某物相像
4. 學會表達某人的名字

Мы вас лю́бим… в глубине́ души́…
где-то о́чень глубоко́...

我們愛您……在內心深處……
非常深的某處……

🤝 會話 🎧 MP3-11 請聽音檔，並跟著一起念。

Лýкас:　Áнна, кто э́то на фо́то? Неуже́ли э́то твой па́рень?

安娜，照片上的是誰？莫非這是妳的男朋友？

Áнна:　Нет. Э́то мой ста́рший брат. Ты не заме́тил, что мы похо́жи друг на дру́га?

不。這是我的哥哥。你沒發現我們彼此很像嗎？

Лýкас:　Действи́тельно. Вы похо́жи как две ка́пли воды́. Но у бра́та во́лосы кудря́вые, а у тебя́ — прямы́е.

的確。你們真是一模一樣。但是哥哥的頭髮是捲的，而妳的是直的。

Áнна:　Я давно́ не ви́дела своего́ ста́ршего бра́та.

我很久沒見到自己的哥哥了。

Лýкас:　Почему́? Он не живёт в Москве́?

為什麼？他不住在莫斯科嗎？

Áнна:　Нет. Два го́да наза́д он уе́хал во Фра́нцию учи́ться, вернётся то́лько че́рез год. Лýкас, е́сли я не ошиба́юсь, у тебя́ есть сёстры?

不。兩年前他離開去法國讀書了，一年後才會回來。盧卡斯，如果我沒弄錯，你有姊妹吧？

Лýкас:　Вот моя́ мла́дшая сестра́. Посмотри́ её фо́то! Она́ неда́вно вы́шла за́муж за своего́ шко́льного дру́га.

瞧，我的妹妹。請看她的照片！她不久前嫁給了自己的中學朋友。

Áнна:　Твоя́ сестра́ вы́глядит симпати́чно. Како́й у неё хара́ктер?

你的妹妹看起來很可愛。她的個性如何呢？

Лýкас:　У нас ра́зные хара́ктеры. Сестра́ о́чень общи́тельная, а я наоборо́т — бо́лее за́мкнутый. Кста́ти, мою́ мла́дшую сестру́ то́же зову́т Áнна.

我們的個性不同。妹妹熱愛交際，而我相反，較內向。對了，我的妹妹也叫安娜。

Áнна:　Како́е совпаде́ние! На́до с ней познако́миться!

真巧啊！必須要跟她認識！

🔔 單詞&俄語這樣說

單詞 🎧 MP3-12

верну́ться (верну́сь, вернёшься)	完	回來，回到，返回
вы́глядеть (вы́гляжу, вы́глядишь)	未	有……外貌，顯得
вы́йти за́муж		（за+第四格）出嫁，嫁給
действи́тельно	語	是的，的確，真是這樣
заме́тить (заме́чу, заме́тишь)	完	看見，看出來，發覺
за́мкнутый	形	孤僻的
ка́пля	陰	滴，點，珠
кудря́вый	形	頭髮彎曲的
наза́д	副	以前，之前（指時間）
наоборо́т	副	相反，反之
неуже́ли	語	難道，莫非，真的
общи́тельный	形	平易近人的，好交際的
ошиба́ться	未	弄錯，犯錯誤
похо́жий	形	（на＋第四格）與……相像
прямо́й	形	直的，筆直的
совпаде́ние	中	巧合
хара́ктер	陽	性格，性情，個性
че́рез	前	（＋第四格）過……之後（若干時間或空間）

俄語這樣說

➤ **Ты не заме́тил, что мы похо́жи друг на дру́га?** 你沒發現我們彼此很像嗎？

- друг дру́га為固定詞組，表達彼此、互相。在句中受到動詞影響需變格。

- друг дру́га為第二格與第四格形式，它沒有第一格形式。

◉ **表格速記：詞組друг дру́га各格變化**

第二格	第三格	第四格	第五格	第六格
друг дру́га	друг дру́гу	друг дру́га	друг дру́гом	друг о дру́ге

- 如果друг дру́га需加前置詞，前置詞放在друг дру́га中間，並且後面的дру́га需隨著前置詞變格，例如：друг с дру́гом、друг у дру́га、друг к дру́гу。

  Они́ ча́сто перепи́сываются друг с дру́гом. 他們時常彼此通信。

➤ **Вы похо́жи как две ка́пли воды́.** 你們真是一模一樣。

- как две ка́пли воды́為固定用語，意思是一模一樣。

- ка́пля為陰性名詞，前面的數詞два需改成две，ка́пля受到數詞две影響，變成單數第二格ка́пли。воды́是陰性名詞вода́的單數第二格，修飾前面的две ка́пли，意思為兩滴水。

  В де́тстве Са́шка и Анечка бы́ли похо́жи как две ка́пли воды́. 童年時薩什卡和阿涅奇卡長得一模一樣。

➢ **Два го́да наза́д он уе́хал во Фра́нцию учи́ться, вернётся то́лько че́рез год.** 兩年前他離開去法國讀書了，一年後才會回來。

- наза́д可與時間詞組連用，表達多久之前。時間詞組需放在наза́д前面，並需變成第四格。

  Мы получи́ли письмо́ от Иры неде́лю наза́д. 我們在一週前收到了伊拉的來信。

- че́рез也可與時間詞組連用，表達多久之後、經過多少時間。時間詞組需放在че́рез後面，也需變成第四格。

  Че́рез ме́сяц насту́пят долгожда́нные зи́мние кани́кулы. 再過一個月，期待已久的寒假就要來了。

➢ **Твоя́ сестра́ вы́глядит симпати́чно.** 你的妹妹看起來很可愛。

- вы́глядеть為未完成體動詞，表達有怎麼樣的外貌、外觀看起來、顯得，可加副詞或形容詞第五格。

  Он вы́глядит ста́рым, но на са́мом де́ле ему́ то́лько 40 лет. 他看起來很老，但實際上他才40歲。

🔈 實用詞彙

外表面貌 🎧 MP3-13

све́тлые во́лосы	淺色的頭髮
ры́жие во́лосы	棕紅色的頭髮
седы́е во́лосы	斑白的頭髮
волни́стые во́лосы	波浪狀的頭髮
блонди́н, блонди́нка	金髮男子，金髮女子
брюне́т, брюне́тка	黑髮男子，黑髮女子
до́брые глаза́	友善的眼睛
злы́е глаза́	凶惡的眼睛
живы́е глаза́	活生生的眼睛
ка́рие глаза́	深褐色的眼睛
голубы́е глаза́	淺藍色的眼睛
нос с горби́нкой	鷹勾鼻
пло́ский нос	塌鼻子
курно́сый нос	短而翹的鼻子
кру́глое лицо́	圓臉
широ́кое лицо́	寬闊的臉
прия́тное лицо́	令人喜愛的臉
стро́йная фигу́ра	勻稱的身材
по́лная фигу́ра	肥胖的身材
худа́я фигу́ра	削瘦的身材

行為個性 🎧 MP3-14

ве́жливый	有禮貌的，客氣的，謙恭的
ве́рный	可靠的，牢靠的，忠實的
засте́нчивый	靦腆的，羞怯的
легкомы́сленный [хк]	輕率的，輕浮的，輕佻的
лени́вый	懶的，懶惰的，遊手好閒的
молчали́вый	不愛説話的
надёжный	可靠的，可信賴的
не́жный	溫柔的，溫順的
отве́тственный	認真負責的
открове́нный	坦白的，直率的，直言不諱的
разгово́рчивый	愛説話的，愛與人攀談的
серьёзный	嚴肅的，認真的
скро́мный	謙虛的，謙遜的，樸實的
скупо́й	吝嗇的，捨不得花錢的
сме́лый	勇敢的，大膽的，果敢的
споко́йный	平靜的，寧靜的
терпели́вый	有耐性的，能忍耐的
трусли́вый	膽小的，怯懦的，膽怯的
че́стный [сн]	誠實的，誠心誠意的，正直的
ще́дрый	慷慨的，好施的，不吝嗇的

語法解析：第四格（動物名詞）

➊ 表達動作直接涉及的人

➢ Вчера́ я ждал дру́га в но́вом кафе́. 昨天我在新咖啡廳等朋友。

➢ Мы приглаша́ем студе́нтов и студе́нток на конце́рт. 我們邀請男大學生與女大學生參加音樂會。

- 表達等待（ждать）、看見（ви́деть）、知道（знать）、喜愛（люби́ть）、培訓（гото́вить）某人時，表示「某人」的動物名詞需變成第四格。

◉ 表格速記：名詞第四格（動物名詞）

數格	陽性			陰性			
單一	-子音	-й	-ь	-а	-я	-ия	-ь
單四	-а	-я	-я	-у	-ю	-ию	-ь
複四	-ов, -ей[1], -ев[2]	-ев	-ей	零詞尾※	-ей[3], 零詞尾※	-ий	-ей

[1]　-ж, -ч, -ш, -щ：加上-ей

[2]　-ц：重音在詞幹時，加上-ев，例如：иностра́нец — иностра́нцев 外國人

[3]　例如：тётя — тётей 嬸，姨

※　「零詞尾」是指把詞尾去掉，但有時候需在倒數第二個字母位置加上о或е。

- 去掉詞尾後，最後兩個字母的其中一個是-г、-к、-х時，加上о：

студе́нтка　　—　　студе́нтка　　—　　студе́нток 女大學生

спортсме́нка　　—　　спортсме́нка　　—　　спортсме́нок 女運動員

- 去掉詞尾後，倒數第二個字母是-ж、-ч、-ш、-щ、-ц時，加上е：

ло́жка　　—　　ло́жка　　—　　ло́жек 湯匙

ру́чка　　—　　ру́чка　　—　　ру́чек 筆

- 其他情況則加上е或ё：

сестра́　　—　　сестра́　　—　　сестёр 姊姊，妹妹

➢ Вчера́ на у́лице я ви́дела Андре́я, Юрия, Па́вла и Юлию. 昨天我在路上看見安德烈、尤里、帕維爾和尤莉婭。

➢ Он фотографи́ровал актёров, актри́с и зри́телей. 他幫男演員、女演員與觀眾們拍照。

小叮嚀

- 動物名詞陽性單、複數第四格與第二格的變化方式相同。動物名詞陰性複數第四格與第二格的變化方式相同。
- 請注意動物名詞第一格-ья結尾複數第四格變化方式：
  - 重音在詞尾時，改成-ей，例如：друг — друзья́ — друзе́й 朋友
  - 重音不在詞尾時，改成-ьев，例如：брат — бра́тья — бра́тьев 哥哥，弟弟

小試身手①：請用提示詞複數與完整的句子回答。

1. Кого́ гото́вит ваш университе́т? (исто́рик, фило́лог и экономи́ст)

_____

2. Кого́ вы встреча́ете на вокза́ле? (профе́ссор, врач и преподава́тель)

_____

3. Кого́ вы провожа́ете в аэропорту́? (ро́дственник, брат и сестра́)

_____

4. Кого́ мы всегда́ лю́бим? (роди́тели, сын и дочь)

_____

5. Кого́ они́ приглаша́ют на ве́чер? (певе́ц, певи́ца и музыка́нт)

_____

❷ 表達某人或某物相像

- ➤ Бори́с похо́ж на ста́ршего бра́та. 鮑里斯像哥哥。
- ➤ Его́ до́чь похо́жа на свою́ мать. 他的女兒像自己的母親。

- 表達某人或物像誰或什麼時，可用形容詞похо́жий（類似的，相似的）短尾形式，並加前置詞на與第四格。похо́жий短尾形式的詞尾需隨著主語的性與數變化。

◉ **表格速記：形容詞похо́жий短尾形式**

陽性	中性	陰性	複數
похо́ж	похо́же	похо́жа	похо́жи

◉ **表格速記：形容詞第四格（動物名詞）**

格	陽性			陰性		複數	
一	-ый	-о́й	-ий	-ая	-яя	-ые	-ие
四	-ого	-о́го	-его, -ого[1]	-ую	-юю	-ых	-их

[1] -г-, -к-, -х-：加上-ого

◉ **表格速記：疑問代詞како́й第四格（動物名詞）**

格	陽性	陰性	複數
一	како́й	кака́я	каки́е
四	како́го	каку́ю	каки́х

◎ 表格速記：物主代詞мой、наш第四格（動物名詞）

格	陽性		陰性		複數	
一	мой	наш	моя́	на́ша	мой	на́ши
四	моего́	на́шего	мою́	на́шу	мои́х	на́ших

– На како́го спортсме́на похо́ж Серге́й? 謝爾蓋像哪位運動員？

– Он похо́ж на одного́ изве́стного ру́сского спортсме́на. 他像一位知名俄羅斯運動員。

➢ Де́ти о́чень похо́жи на свои́х роди́телей. 孩子們與自己的父母很像。

小試身手②：請將單詞組成完整的句子，詞序不變。

1. Их сын / похо́ж / свой па́па и своя́ ма́ма.

   _____

2. Эта де́вушка / похо́ж / америка́нская актри́са.

   _____

3. Это зда́ние / похо́ж / европе́йский за́мок.

   _____

4. Да́ша и Па́ша / о́чень похо́ж / азиа́тские де́ти.

   _____

5. Сёстры / похо́ж / свой ста́рший двою́родный брат.

   _____

❸ 表達某人的名字

➤ Этого ру́сского писа́теля зову́т Ива́н Турге́нев. 這位俄羅斯作家叫做伊凡・屠格涅夫。

➤ Эту молчали́вую де́вушку зва́ли Али́на, а сейча́с её зову́т Ната́лия. 這位不愛說話的女孩曾叫阿琳娜,而現在叫娜塔莉婭。

• 表達某人名字時,可用動詞звать(把……叫做,把……稱為)複數第三人稱形式,其現在時為зову́т,過去時為зва́ли,句中的「某人」需用第四格。

◉ **表格速記:指示代詞э́тот第四格(動物名詞)**

格	陽性	陰性	複數
一	э́тот	э́та	э́ти
四	э́того	э́ту	э́тих

➤ Этого ве́жливого студе́нта зову́т Дми́трий. 這位有禮貌的大學生叫做德米特里。

➤ Этих сме́лых геро́ев зову́т Юрий и Никола́й. 這些勇敢的英雄叫做尤里和尼古拉。

小試身手③：請用括號內的詞完成句子。

1. Вы не зна́ете, как зову́т _____

   (э́та серьёзная молода́я учи́тельница)?

2. Наконе́ц-то я узна́л, как зову́т _____

   (э́тот тала́нтливый италья́нский музыка́нт).

3. _____

   (Этот о́пытный отве́тственный инжене́р 複數) зову́т Оле́г и Серге́й.

4. _____

   (Эта до́брая не́жная медсестра́ 複數) зову́т Мари́я и Ни́на.

5. _____

   (Этот изве́стный ру́сский певе́ц) зову́т Ди́ма Била́н.

短文

短文 🎧 MP3-15　請聽音檔，並跟著一起念。

　　Две неде́ли наза́д Лу́кас е́здил в Петербу́рг на сва́дьбу дру́га. Он был о́чень рад, потому́ что он впервы́е уви́дел свои́ми глаза́ми настоя́щую ру́сскую сва́дьбу.

　　Жениха́, дру́га Лу́каса, зову́т Серге́й, и неве́сту — Юлия. Они́ познако́мились в университе́те и встреча́лись уже́ три го́да. Серге́й брюне́т, а Юлия блонди́нка. Серге́й похо́ж на своего́ па́пу, а Юлия похо́жа на свою́ ма́му.

　　На сва́дебной церемо́нии Лу́кас уви́дел, как роди́тели жениха́ встреча́ют молодожёнов хле́бом и со́лью. Жени́х и неве́ста ко́рмят друг дру́га солёным хле́бом. Эта ру́сская тради́ция о́чень заинтересова́ла Лу́каса. Но он не по́нял, почему́ все крича́ли «Го́рько!», и молодожёны целова́ли друг дру́га. Он спроси́л своего́ дру́га Серге́я, и он объясни́л, что так как жизнь го́рькая, го́сти хоте́ли уви́деть и почу́вствовать что́-то сла́дкое и счастли́вое. Для Лу́каса это был са́мый незабыва́емый моме́нт на сва́дьбе.

　　兩週前盧卡斯去了彼得堡參加朋友的婚禮。他很高興，因為他第一次親眼看到真正的俄羅斯婚禮。

　　新郎，也是盧卡斯的朋友，叫做謝爾蓋，新娘叫做尤莉婭。他們在大學認識，並已經約會三年了。謝爾蓋是黑髮男子，而尤莉婭是金髮女子。謝爾蓋像自己的爸爸，而尤利婭像自己的媽媽。

　　婚禮上，盧卡斯看見了新郎的父母如何用麵包與鹽迎接新婚夫妻。新郎和新娘互相餵對方鹹麵包。這個俄羅斯傳統讓盧卡斯非常感興趣。但他不懂，為什麼大家喊「好苦啊！」，並且新婚夫妻互相親吻對方。他問了自己的朋友謝爾蓋，他解釋道，因為生活很苦，客人們想看見與感受某些甜蜜和幸福的景象。對盧卡斯而言，這是婚禮上最難忘的時刻。

請再閱讀短文一次，並回答問題。

1. Когда́ Лу́кас е́здил в Петербу́рг на сва́дьбу дру́га?

_____

2. Как зову́т жениха́ и неве́сту?

_____

3. На кого́ похо́жи жени́х и неве́ста?

_____

4. Кака́я ру́сская тради́ция заинтересова́ла Лу́каса?

_____

5. Кто объясни́л Лу́касу, почему́ все крича́ли «Го́рько!», и молодожёны целова́ли друг дру́га?

_____

俄電影

辦公室戀曲
Служе́бный рома́н

　　本片是埃利達爾‧梁贊諾夫（Эльда́р Ряза́нов）於蘇聯時期執導的著名悲喜劇，由莫斯科電影製片廠出品，1977年首映。

　　電影從1970年代莫斯科早晨上班日常，搭配男主角、統計局資深員工諾沃謝利采夫（Новосе́льцев）的獨白開始。他是位靦腆木訥、膽小懦弱的單親爸爸，獨自撫養兩個小男孩。其工資不高，又厭倦了現在的職務，認為自己有能力且應被提拔為處長。女主角卡盧金娜（Калу́гина）是統計局局長，三十六歲，打扮老氣單調，講話枯燥無味，但擅於領導。她把一生精力都投入工作中，總是最早到辦公室，最晚離開，因為回到家裡也是孤零零一人。

　　卡盧金娜的副手薩莫赫瓦洛夫（Самохва́лов）剛從國外回來。他長得英俊挺拔，令局裡女同事、過去的同窗好友蕾諾娃（Рыжо́ва）神魂顛倒。而蕾諾娃與卡盧金娜完全相反，她風姿綽約、花枝招展，家庭生活也很美滿，就算見到之前愛慕的薩莫赫瓦洛夫，她還是積極追求，情書不斷。

　　薩莫赫瓦洛夫邀請同事們到家裡慶祝其就任新職，並藉此為老同學兼新同事諾沃謝利采夫製造與卡盧金娜獨處的機會，好讓局長看見他的才能並提拔他升官。諾沃謝利采夫雖不願為此向長官獻殷勤，但在老友逼迫下，只好勉為其難照辦。然而，其笨拙愚蠢的行為還是未能改變卡盧金娜的高傲冷酷，甚至給她留下極差印象。但隔天上班起，卡盧金娜卻開始對諾沃謝利采夫感興趣，甚至向祕書打聽有關他的一切。

　　此時，諾沃謝利采夫親自為昨晚的脫序行為向卡盧金娜道歉。他想誇讚她，結果卻弄巧成拙，愈描愈黑，雖然想以「我們愛您……在內心深處」來扳回局勢，卻接著脫口說出「非常深的某處」，即深到不知在何處，言下之意是其實並沒有那麼愛她。諾沃謝利采夫想安慰卡盧金娜，卻因不斷失言而讓對方哭了起來，但也因此逐漸開啟卡盧金娜孤單封閉的心房。她不僅開始改變外貌，還邀請諾沃謝利采夫到她家做客，甚至還上班遲到！

　　故事來到最後，卡盧金娜得知了諾沃謝利采夫接近她的目的，兩人在辦公室歇斯底里地打打鬧鬧，一路吵到街上，最後雙雙跳上計程車抱頭擁吻。九個月後，諾沃謝利采夫家已有三個男孩了。

04 | Четвёртый уро́к

Я купи́л не́сколько коро́бок зелёного ча́я

我買了幾盒綠茶

 學習目標

1. 學會表達美味菜餚與烹調方式相關詞彙
2. 學會表達沒有某人或某物
3. 學會表達從某處或從某人那裡來到（得知、獲得）
4. 學會表達所屬與整體的部分

Я тре́бую продолже́ния банке́та!
我要求宴會繼續進行！

🤝 會話 🎧 MP3-16 請聽音檔，並跟著一起念。

Ян Мин:	Приве́т, Анна! Отку́да ты пришла́?

嗨，安娜！妳從哪裡來的呢？

Анна:	Приве́т! Я пришла́ от знако́мого реда́ктора. У нас бы́ло собра́ние. Ян Мин, почему́ у тебя́ в рука́х так мно́го бума́жных паке́тов?

嗨！我從認識的編輯那裡來的。我們有會議。楊明，為什麼你手裡那麼多紙袋？

Ян Мин:	Я пришёл из проду́ктового магази́на, потому́ что я хоте́л пригото́вить селёдку под шу́бой, но у меня́ не́ было карто́шки и майоне́за.

我從食品商店來，因為我想做鯡魚沙拉，但是我沒有馬鈴薯和美乃滋。

Анна:	Это оди́н из мои́х люби́мых сала́тов. На́ша семья́ всегда́ гото́вит его́ на Но́вый год. Ты ещё купи́л чай?

這是我喜愛的沙拉之一。我們家新年時都會準備它。你還買了茶嗎？

Ян Мин:	Да. Я купи́л не́сколько коро́бок зелёного ча́я в ча́йном до́ме на Мясни́цкой.

對。我在米亞斯尼茨基街茶屋買了幾盒綠茶。

Анна:	Я его́ зна́ю. Зда́ние э́того магази́на напомина́ет восто́чный храм. А почему́ ты хоте́л пригото́вить сала́т и купи́л зелёный чай?

我知道它。這間商店的建築物與東方廟宇很像。那為什麼你想做沙拉和買了綠茶呢？

Ян Мин:	Потому́ что у на́шей дорого́й Эммы ско́ро бу́дет день рожде́ния.

因為我們親愛的艾瑪即將過生日。

Анна:	Когда́? В нача́ле сентября́?

什麼時候？在九月初嗎？

Ян Мин:	Пе́рвого сентября́, в День зна́ний. А сего́дня уже́ два́дцать девя́тое а́вгуста.

在九月一日，在知識日。而今天已經是八月二十九日了。

Анна:	Я то́же поспешу́ пригото́вить для неё пода́рок.

我也將趕快準備好給她的禮物。

單詞&俄語這樣說

單詞 🎧 MP3-17

бума́жный	形	紙的，紙張的
восто́чный	形	東方的
для	前	（+第二格）為了，給……
знако́мый	形	認識的
зна́ние	中	知識
коро́бка	陰	（不大的）盒子，（用作計量單位）盒
майоне́з [йянэ́]	陽	美乃滋
напомина́ть	未	和……很相像，與……相似
нача́ло	中	開始，開端
отку́да	副	從什麼地方，從誰那裡
паке́т	陽	袋子
под	前	（+第五格）在……下
поспеши́ть (поспешу́, поспеши́шь)	完	趕快，趕緊，急忙
пригото́вить (пригото́влю, пригото́вишь)	完	做好（飯菜）
продукто́вый	形	食品的
реда́ктор	陽	編輯（指人）
селёдка	陰	鯡魚
храм	陽	教堂，廟宇，神殿

俄語這樣說

➢ **Почему́ у тебя́ в рука́х так мно́го бума́жных паке́тов?** 為什麼你手裡那麼多紙袋？

- 放在мно́го（很多）、ма́ло（很少）、ско́лько（多少）、не́сколько（幾個，若干）等不定量數詞後的名詞需變成複數第二格，而只用單數的名詞則變成單數第二格。

  Ско́лько челове́к хо́чет записа́ться на у́роки та́нцев? 多少人想報名舞蹈課呢？

◉ 表格速記：名詞челове́к與數詞連用

1 5–20 ско́лько не́сколько	челове́к	2, 3, 4	челове́ка	мно́го ма́ло	люде́й

➢ **Это оди́н из мои́х люби́мых сала́тов.** 這是我喜愛的沙拉之一。

- 表達眾多人或物其中之一時，需用оди́н из加複數第二格。оди́н需與後面名詞的性和數一致。

  Но́вый Арба́т — э́то одна́ из гла́вных у́лиц в це́нтре Москвы́. 新阿爾巴特街是莫斯科市中心主要街道之一。

  ※ одна́與陰性名詞у́лица一致。

➢ **В нача́ле сентября́?** 在九月初嗎？

- 表達在某時間點初、中、末時，可分別用в нача́ле、в середи́не、в конце́，後面加第二格。上述詞組是前置詞в加第六格，其第一格分別是нача́ло（開始）、середи́на（中間）、коне́ц（末，底）。

  Дми́трий уе́хал в командиро́вку в Шанха́й в середи́не ма́я. 德米特里在五月中離開去上海出差了。

➢ **Пе́рвого сентября́. А сего́дня уже́ два́дцать девя́тое а́вгуста.** 在九月一日。而今天已經是八月二十九日了。

- 表達在某年某月某日時，需先說「日」，再說「月」和「年」，並且皆需變成第二格，前面不需加任何前置詞。其中，「日」和「年」的最後一位數需用順序數詞（пе́рвый、второ́й、тре́тий等），其他位數則用定量數詞（оди́н、два、три等）。

  Алекса́ндр Пу́шкин роди́лся шесто́го ию́ня ты́сяча семьсо́т девяно́сто девя́того го́да. 亞歷山大・普希金出生於一七九九年六月六日。

- 表達今（昨、明）天是某年某月某日時，也是先說「日」，並將其詞尾改為中性第一格形式，因為它是修飾中性名詞число́（日，號）。之後再說「月」和「年」，並且需改成第二格。

  – Како́е число́ бы́ло вчера́? 昨天是幾號？
  – Вчера́ бы́ло тридца́тое ма́я. 昨天是五月三十日。
  – А за́втра? 那明天呢？
  – За́втра бу́дет пе́рвое ию́ня. 明天將是六月一日。

實用詞彙

美味菜餚 🎧 MP3-18

винегре́т	甜菜根涼拌沙拉
сала́т оливье́	奧利維耶沙拉
сала́т «Це́зарь»	凱撒沙拉
овощно́й сала́т	蔬菜沙拉
заливно́е из ры́бы	魚凍
борщ	甜菜根湯
уха́	魚湯
щи	白菜湯
кури́ная суп-лапша́	雞肉麵條湯
суп-пюре́ [рэ́]	奶油濃湯
грибно́й жюлье́н	奶油焗蘑菇
жа́реные пельме́ни	炸餃子
мясна́я котле́та	肉餅
шашлы́к из свини́ны	烤豬肉串
стейк из говя́дины	煎牛排
пря́ник	蜜糖餅
торт «Медови́к»	俄式蜂蜜蛋糕
пиро́г с клю́квой	蔓越莓餡餅
апельси́новый сок	柳橙汁
компо́т из сухофру́ктов	糖煮乾果果汁

烹調方式 🎧 MP3-19

ре́зать хлеб	切麵包
ре́зать ры́бу	切魚
чи́стить я́блоко	削蘋果皮
чи́стить карто́шку	削馬鈴薯皮
меша́ть ка́шу	攪拌粥
меша́ть ко́фе	攪拌咖啡
натира́ть морко́вку	刨紅蘿蔔絲
натира́ть свёклу	刨甜菜根絲
соли́ть огурцы́	醃黃瓜
соли́ть помидо́ры	醃番茄
вари́ть суп	熬湯
вари́ть я́йца	煮蛋
жа́рить грибы́	炒蘑菇
жа́рить котле́ты	煎肉餅
туши́ть мя́со	燜肉
туши́ть капу́сту	燜高麗菜
печь торт	烤蛋糕
печь блины́	煎布林餅
кипяти́ть во́ду	燒開水
кипяти́ть молоко́	煮牛奶

語法解析：第二格

① 表達沒有某人或某物

➢ У Евге́ния нет бра́тьев, а у Ольги нет сестёр. 葉甫蓋尼沒有兄弟，而奧莉嘉沒有姊妹。

➢ На э́той у́лице нет ба́нков и банкома́тов. 在這條街上沒有銀行和自動櫃員機。

- 表達沒有某人或某物時，可用нет加第二格。請注意，過去時需將нет改成не́ было，將來時則需改成не бу́дет。
- 表達某人有或沒有某人或某物時，需用前置詞y加表達某人的名詞第二格。

когда? 什麼時候	у кого? 誰	нет кого́-чего́? 沒有某人或某物	
Вчера́ 昨天		не́ было 曾沒有	
Сейча́с 現在	у Бори́са 鮑里斯	нет 沒有	заня́тий и экза́менов 課和考試
За́втра 明天		не бу́дет 將沒有	

• 表達某處有或沒有某人或某物時，需用回答где?的詞組，例如前置詞в或на加第六格。

когда́? 什麼時候	где? 在哪裡	нет кого́-чего́? 沒有某人或某物	
Вчера́ 昨天		не́ было 曾沒有	
Сейча́с 現在	в магази́не 在商店	нет 沒有	мя́са и ры́бы 肉和魚
За́втра 明天		не бу́дет 將沒有	

◉ 表格速記：名詞第二格

數格	陽性			中性			陰性			
單一	-子音	-й	-ь	-о	-е	-ие	-а	-я	-ия	-ь
單二	-а	-я	-я	-а	-я	-ия	-ы, -и[3]	-и	-ии	-и
複二	-ов, -ей[1], -ев[2]	-ев	-ей	零詞尾※	-ей	-ий	零詞尾※	-ей, 零詞尾※	-ий	-ей

[1] -ж, -ч, -ш, -щ：加上-ей

[2] -ц：重音在詞幹時，加上-ев

[3] -га, -ка, -ха, -жа, -ча, -ша, -ща：去掉-а，加上-и

※ 「零詞尾」需視情況加上о或е，請參考第三課第064頁。

‒ Кого́ не́ было вчера́ у вас на экску́рсии? 昨天誰沒去你們的遊覽？

‒ Вчера́ у нас на экску́рсии не́ было Игоря и Никола́я. 昨天我們的遊覽沒有伊格爾和尼古拉。

‒ Чего́ не бу́дет у тебя́ на рабо́те на сле́дующей неде́ле? 下週在你的工作中將沒有什麼？

‒ На сле́дующей неде́ле у меня́ на рабо́те не бу́дет собра́ний и докла́дов. 下週在我的工作中將沒有集會和報告。

小叮嚀

「у + 人稱代詞第二格 + где?」是較口語的表達方式，也可換成用物主代詞（мой、наш）的句型。

· у нас на экску́рсии = на на́шей экску́рсии

· у меня́ на рабо́те = на мое́й рабо́те

小試身手①：請將句子改成否定形式。

1. В аудито́рии есть преподава́тель и студе́нты.

   _____

2. У меня́ в су́мке бы́ли моби́льник и заря́дка.

   _____

3. На э́той по́лке бу́дут ва́зы и зеркала́.

   _____

4. У них в кварти́ре бы́ли соба́ки и ко́шки.

   _____

5. В э́том регио́не бу́дут шко́лы и университе́ты.

   _____

小叮嚀

- 表達在哪裡或誰那裡「曾經」有某人或某物時，需將 есть 改成 быть 過去時形式，並與後接名詞的性和數一致，陽性用 был，中性用 бы́ло，陰性用 была́，複數用 бы́ли。請看小試身手1第2、4題。

- 表達在哪裡或誰那裡「將」有某人或某物時，需用 быть 將來時形式，後接名詞為單數時需用 бу́дет，複數則用 бу́дут。請看小試身手1第3、5題。

❷ 表達從某處或從某人那裡來到（得知、獲得）

> ➤ Све́та пришла́ из торго́вого це́нтра «Охо́тный ряд». 斯薇塔從獵人商場購物中心來了。

> ➤ Пётр ча́сто получа́ет посы́лки из Росси́и от свои́х роди́телей. 彼得時常收到來自俄羅斯自己的父母寄來的包裹。

- 表達從某處、某地點時，用前置詞из或с加第二格。而表達從某人那裡時，用前置詞от加第二格。

- 什麼時候用из，什麼時候用с呢？當表達在某處時用в，表達來自某處則用из；當表達在某處時用на，表達來自某處則用с。

- 表達已經從A處或某人那裡來到B處，人現在就在B處時，可用帶前綴運動動詞прийти́、прие́хать過去時。而表達未來即將來到B處時，則用將來時。прийти́、прие́хать將來時變化方式，請看第一課第032頁。

◉ **表格速記：形容詞第二格**

格	陽性			中性		陰性		複數	
一	-ый	-о́й	-ий	-ое	-ее	-ая	-яя	-ые	-ие
二	-ого	-о́го	-его, -ого[1]	-ого	-его	-ой, -ей[2]	-ей	-ых	-их

[1] -г-, -к-, -х-：加上-ого

[2] -ж-, -ч-, -ш-, -щ-：重音在詞幹時，加上-ей

◉ **表格速記：疑問代詞какóй第二格**

格	陽性	中性	陰性	複數
一	како́й	како́е	кака́я	каки́е
二	како́го	како́го	како́й	каки́х

◉ **表格速記：物主代詞мой、наш第二格**

格	陽性		中性		陰性		複數	
一	мой	наш	моё	на́ше	моя́	на́ша	мой	на́ши
二	моего́	на́шего	моего́	на́шего	мое́й	на́шей	мои́х	на́ших

— Из како́го рестора́на (Отку́да) пришли́ студе́нты? 學生們從哪家餐廳來（從哪裡來）？

— Они́ пришли́ из ру́сского рестора́на. 他們從俄羅斯餐廳來。

— От каки́х друзе́й (Отку́да) они́ узна́ли э́ту но́вость? 他們從哪些朋友那裡（從哪裡）得知了這則新聞？

— Они́ узна́ли её от шко́льных друзе́й. 他們從中學朋友那裡得知了它。

小試身手②：請用括號內的詞完成句子，表達在某人那裡（у кого?）或從某人那裡（от кого?）。

1. Ле́том сестра́ иногда́ быва́ет _____

   (своя́ люби́мая ба́бушка).

2. Ма́ма пришла́ _____

   (знако́мый продаве́ц).

3. Актёры бу́дут в гостя́х _____

   (театра́льный режиссёр).

4. Позавчера́ друзья́ бы́ли _____

   (у́личный музыка́нт 複數).

5. Ви́тя прие́дет сюда́ _____

   (свой ста́рший брат 複數).

小試身手③：請用括號內的詞完成句子，表達從某人那裡得知、獲得某事或某物。

1. Мы получи́ли _____(э́та информа́ция)

   _____(ру́сский колле́га).

2. Они́ узна́ли _____(его́ и́мя) _____
   (до́брая тётя).

3. Де́ти получи́ли _____(э́та игру́шка) _____

   _____(своя́ но́вая ня́ня).

4. Этот арти́ст ча́сто получа́ет _____(краси́вый буке́т 複數)

   _____(свой люби́мый зри́тель 複數).

5. Молодожёны получи́ли в пода́рок _____(но́вая ме́бель)

   _____(о́бщий друг 複數).

小叮嚀

名詞 колле́га（同事，同行）是陽性，也是陰性。如果要表達陽性同事，與其搭配的代詞、形容詞與動詞就要用陽性。如果所指者為陰性，則用陰性。

➤ Наш но́вый колле́га Анто́н прие́хал из Росси́и, а на́ша но́вая колле́га Ната́лия прие́хала из Аме́рики. 我們的新同事安東來自俄羅斯，而我們的新同事娜塔莉婭娜來自美國。

小試身手❹：請將單詞組成完整的句子，表達從哪裡來到哪裡，詞序不變。

1. Сле́дующая неде́ля / инжене́ры / прие́хать / Ленингра́дская о́бласть / Тверска́я о́бласть.

   _____

2. Про́шлый ме́сяц / Оле́г / прие́хать / Се́верная Аме́рика / За́падная Евро́па.

   _____

3. Студе́нты / прийти́ 過去時 / знако́мый профе́ссор / студе́нческая столо́вая.

   _____

4. Андре́й / прийти́ 將來時 / свой родны́е / италья́нское кафе́.

   _____

5. За́втра / они́ / прийти́ / свой дома́ / на́ша вечери́нка.

   _____

❸ 表達所屬與整體的部分

➤ Маши́на э́того бога́того мужчи́ны всегда́ стои́т напро́тив на́шей фи́рмы.
這位有錢男子的車總是停在我們公司對面。

➤ Кварти́ры в дома́х э́тих спа́льных райо́нов стоя́т о́чень до́рого. 這些住宅區的房子裡的公寓價格非常昂貴。

• 表達所屬關係，中文通常說「A的B」時，俄文則需先說B，把A放在後面並變成第二格。例如「這位老師的課本」，要先說уче́бник（課本），緊接著說э́того преподава́теля（這位老師的，原形為э́тот преподава́тель）。在句中不論уче́бник變成第幾格，э́того преподава́теля永遠都用第二格。

◉ **表格速記：指示代詞э́тот第二格**

格	陽性	中性	陰性	複數
一	э́тот	э́то	э́та	э́ти
二	э́того	э́того	э́той	э́тих

– Чьи де́ти сейча́с игра́ют на де́тской площа́дке? 誰的小孩們現在在兒童遊樂場玩？

– Сейча́с на де́тской площа́дке игра́ют де́ти э́того молодо́го отца́. 現在在兒童遊樂場玩的是這位年輕父親的小孩們。

– В како́й библиоте́ке Ива́н ча́сто и́щет материа́лы? 伊凡常在哪間圖書館找資料？

– Он ча́сто и́щет материа́лы в библиоте́ке э́того университе́та. 他時常在這間學校的圖書館找資料。

> **小叮嚀**
>
> 動詞單數第三人稱стои́т原形為стоя́ть（站，位於，停在）。сто́ит原形為сто́ить（值（多少），價錢是）。

小試身手**⑤**：請將句子翻譯成俄文。

1. 這位新經理的辦公室位於三樓。

   _____

2. 在見面會我們獲得了這位知名女鋼琴家的簽名。

   _____

3. 你的姊姊有這道俄國菜的食譜嗎？

   _____

4. 我很喜愛這幾本日文書的主角們。

   _____

5. 這些四年級學生的回答彼此非常相似。

   _____

- 表達幾盒（杯、袋、個）某物時，可用數詞加表達計量單位的名詞，再加某物第二格。

  · два паке́та молока́ 兩紙盒裝牛奶

  · три ча́шки горя́чего чёрного ча́я 三杯熱紅茶

  · пять буты́лок бе́лого вина́ 五瓶白葡萄酒

- 俄語中有各種表達計量單位的名詞，請參考下圖：

пакет муки́
一包麵粉

стака́н со́ка
一杯果汁

пли́тка шокола́да
一片巧克力

буты́лка вина́
一瓶紅酒

коро́бка конфе́т
一盒糖果

ба́нка огурцо́в
一罐黃瓜

ча́шка ча́я
一杯茶

килогра́мм мя́са
一公斤肉

— Ско́лько кру́жек пи́ва ты заказа́л? 你點了幾杯啤酒？

— Я заказа́л три кру́жки «Ба́лтики». 我點了三杯「波羅的海」啤酒。

— Ско́лько гра́ммов говя́дины ну́жно для э́того су́па? 這道湯需要幾克牛肉？

— Для него́ ну́жно 500 гра́ммов говя́дины. 它需要500克牛肉。

小試身手⑥：請按照範例寫出詞組。

例：   три паке́та пече́нья

1._____

2._____

3._____

4._____

5._____

短文

短文 🎧 MP3-20　請聽音檔，並跟著一起念。

　　Ян Мин — люби́тель ру́сской ку́хни. Он ча́сто гото́вит ру́сские блю́да, осо́бенно сала́ты. Не́сколько дней наза́д он получи́л реце́пт селёдки под шу́бой от ма́тери Ива́на. Он реши́л пригото́вить её на вечери́нку по по́воду дня рожде́ния Эммы.

　　Ита́к, у Ян Ми́на в ку́хне на столе́ лежа́ли все ингредие́нты: четы́ре яйца́, две свёклы и две карто́шки, полови́на морко́вки, ба́нка селёдки, а та́кже 150 гра́ммов майоне́за. Снача́ла Ян Мин вари́л я́йца и ре́зал их. Да́лее он мыл о́вощи, вари́л их, чи́стил их от кожуры́ и ре́зал их. Пото́м он ре́зал селёдку. По́сле э́того он аккура́тно скла́дывал по о́череди все о́вощи, я́йца и ры́бу.

　　Это блю́до понра́вилось и Ян Ми́ну, и друзья́м. Но друзья́ почу́вствовали, что вкус э́того сала́та не́ был привы́чным для них. Оказа́лось, что Ян Мин ненави́дит за́пах лу́ка, поэ́тому он гото́вил э́тот сала́т без лу́ка.

楊明是俄羅斯料理愛好者。他時常做俄羅斯菜，特別是沙拉。幾天前他從伊凡的母親那裡得到了鯡魚沙拉的食譜。他決定為艾瑪的生日晚會做這道菜。

因此，在楊明家廚房的桌子上放著所有食材，包括四顆蛋、兩顆甜菜根和兩顆馬鈴薯、半根紅蘿蔔、一罐鯡魚，以及150公克美乃滋。首先，楊明煮了蛋並切開。接著，他洗蔬菜，烹煮，把蔬菜去皮並切一切。之後他切鯡魚。最後他小心翼翼地把所有蔬菜、蛋和魚按照順序擺好。

不僅楊明，還有朋友們都喜歡上了這道菜。但是朋友們覺得這道沙拉的味道對他們而言不是熟悉的。原來，楊明討厭洋蔥的味道，所以他做這道沙拉沒放洋蔥。

請再閱讀短文一次，並回答問題。

1. Каку́ю ку́хню лю́бит Ян Мин?

_____

2. От кого́ Ян Мин получи́л реце́пт селёдки под шу́бой?

_____

3. Ско́лько карто́шек и морко́вок лежа́ло на столе́?

_____

4. Что ду́мали друзья́ об э́том сала́те?

_____

5. Како́й за́пах ненави́дит Ян Мин?

_____

俄電影

伊凡・瓦西里耶維奇換職業
Ива́н Васи́льевич меня́ет профе́ссию

　　本片是列昂尼德・蓋達伊（Леони́д Гайда́й）執導的穿越時空科幻蘇聯喜劇，由莫斯科電影製片廠出品，1973年首映。

　　男主角舒里克（Шу́рик）已從大學生成為工程師與發明家，他和電影演員妻子吉娜（Зи́на）住在莫斯科的公寓裡。舒里克醉心於時光機發明，但再次失敗害整棟樓斷電，使房管員伊凡・瓦西里耶維奇・布恩沙（Ива́н Васи́льевич Бу́нша）非常生氣，要求他停止這一切。但是舒里克不放棄，他提高電壓，時光機再度運轉，突然一陣爆裂聲，舒里克被彈飛倒地後昏了過去。

　　布恩沙得知吉娜決定與情人私奔，他來找舒里克要求暫緩離婚，以免影響本區形象，同時對他的時光機數落一番。舒里克趁機向布恩沙展示自己的發明，這次他成功地將自己與鄰居牙醫什帕克（Шпак）的住宅連在一起，而剛好在該宅內行竊的米洛斯拉夫斯基（Милосла́вский）驚呆了，對舒里克的時光機感到非常好奇。

　　舒里克決定重啟時光機回到過去。此時牆壁消失，出現在眼前的是伊凡雷帝（Ива́н Гро́зный）與其書記。書記看到現代場景嚇得邊逃邊喊「魔鬼」，沙皇則是被舒里克的黑貓嚇得往其住宅躲去。而沙皇宮殿內的珍貴聖像畫讓米洛斯拉夫斯基眼睛為之一亮，布恩沙則是急著想找電話報警。就在一陣混亂中，舒里克的時光機被長鉞擊中失靈了。之後雖然一切恢復原貌，但是布恩沙與米洛斯拉夫斯基被留在十六世紀，而真正的沙皇卻跑到二十世紀來了。

　　布恩沙與米洛斯拉夫斯基為了躲避衛兵追捕，靈機一動，分別假扮起沙皇和大公來。他們草率執行公務後，午餐時間到了。兩人目瞪口呆地望著一道道送上來的豐盛菜餚，此時伊凡雷帝的妻子也帶著宮女們來到午宴現場。偽沙皇就這樣沉浸於美酒佳餚與美人歌舞中，完全不知軍隊叛變，已回頭向偽沙皇進攻。偽大公眼看大事不妙，直喊完蛋了，酩酊大醉的偽沙皇還意猶未盡地叫嚷著：「我要求宴會繼續進行！」而這句話也成了對持續進行聚會或盛宴的幽默請求。

　　舒里克終於把時光機修好並重新啟動，讓彼此回到自己的時空。此時吉娜剛好回來。詢問過後，舒里克終於鬆一口氣，剛才發生的一切原來是場夢。

05 | Пя́тый уро́к

Я покажу́ Москву́ шко́льной подру́ге

我將帶中學朋友參觀莫斯科

1. 學會表達雙都景點與市區觀光相關詞彙
2. 學會表達誰需要某人、某物或做某事
3. 學會表達去找某人與接近某人或某處
4. 學會表達某人身心狀態與感受

Да жизнь вообще́ шту́ка непредсказу́емая.
Это то́лько в кино́ всё по сцена́рию.

生活總之是無法預料的。
只有在電影中一切按照劇本走。

會話 🎧 **MP3-21** 請聽音檔，並跟著一起念。

Эмма:	Ива́н, ты сейча́с за́нят?

伊凡，你現在在忙嗎？

Ива́н:	Немно́го. Я гото́влюсь к за́втрашнему экза́мену. А что случи́лось?

有一點。我在準備明天的考試。怎麼了？

Эмма:	За́втра я покажу́ Москву́ шко́льной подру́ге. Она́ прие́хала ко мне из Нью-Йо́рка. Нам нужны́ твои́ сове́ты.

明天我將帶中學朋友參觀莫斯科。她從紐約來找我。我們需要你的建議。

Ива́н:	Это не пробле́ма! За́втра бу́дет со́лнечная пого́да. Вам интере́сно бу́дет гуля́ть по Кра́сной пло́щади.

這不成問題！明天將是晴天。妳們在紅場上散步將會感到很有趣。

Эмма:	Моя́ подру́га хо́чет посети́ть собо́р Васи́лия Блаже́нного.

我的朋友想參觀聖瓦西里主教座堂。

Ива́н:	Этому стари́нному собо́ру уже́ бо́льше 400 (четырёхсо́т) лет! Он нахо́дится напро́тив Истори́ческого музе́я.

這座古老的大教堂已有超過四百年的歷史！它座落在歷史博物館對面。

Эмма:	А как насчёт у́лицы Арба́т? Там есть каки́е-нибудь интере́сные места́?

那關於阿爾巴特街呢？那裡有任何有趣的地方嗎？

Ива́н:	Наприме́р, там стои́т па́мятник знамени́тому ру́сскому поэ́ту Пу́шкину и его́ жене́. Вы мо́жете подойти́ к э́тому па́мятнику и сде́лать с ним фо́то.

例如，那裡有著名俄國詩人普希金及其妻子的紀念碑。妳們可以走靠近這座紀念碑並與它拍照。

Эмма:	На ле́кции по ру́сской литерату́ре XIX ве́ка нам расска́зывали о его́ жи́зни и произведе́ниях.

在十九世紀俄國文學的講座課中，給我們講述了他的一生和作品。

Ива́н:	Как жаль, что я не смогу́ погуля́ть вме́сте с ва́ми по го́роду. Жела́ю вам прия́тной прогу́лки. Наде́юсь, что твое́й шко́льной подру́ге понра́вится на́ша столи́ца.

好可惜，我沒辦法跟妳們一起逛城市。祝妳們散步愉快。希望妳的中學朋友將會喜歡我們的首都。

🔔 單詞&俄語這樣說

單詞 🎧 MP3-22

блаже́нный	形	無上幸福的，（基督教中）對聖徒的尊稱
жаль		（無人稱句中當謂語）可惜
за́втрашний	形	明天的
знамени́тый	形	有名的，著名的
како́й-нибудь	代	任何的，不論什麼的
наде́яться	未	希望，期待
напро́тив	前	（+第二格）在對面
насчёт	前	（+第二格）關於
па́мятник	陽	紀念碑，紀念像
подойти́ (подойду́, подойдёшь)	完	走近，靠近，走到跟前
посети́ть (посещу́, посети́шь)	完	訪問，拜訪，參觀
прия́тный	形	令人愉快的
прогу́лка	陰	散步，閒逛，遊玩
произведе́ние	中	產物，產品，作品，著作
собо́р	陽	大教堂
сове́т	陽	（給別人出的）主意，建議
со́лнечный	形	太陽的，陽光的，日光的
стари́нный	形	古代的，古老的

俄語這樣說

➢ **Вам интере́сно бу́дет гуля́ть по Кра́сной пло́щади.** 妳們在紅場上散步將會感到很有趣。

- 表達活動範圍時，可用前置詞по加第三格，此詞組強調在某範圍內沒有固定方向的走走、逛逛。動詞可用ходи́ть、е́здить、броди́ть、гуля́ть、ката́ться。

  Же́не нра́вится ката́ться на маши́не по го́роду. 任尼亞喜歡在城市內開車閒逛。

小叮嚀

ходи́ть與е́здить指有目的、有計畫的移動，前者是以步行方式，後者是搭乘交通工具。гуля́ть與ката́ться分別跟ходи́ть與е́здить同義，但更強調為了休閒、遊憩、遊玩的移動。至於броди́ть則是指慢走、徘徊、遊蕩。

➢ **Э́тому стари́нному собо́ру уже́ бо́льше 400 (четырёхсо́т) лет!** 這座古老的大教堂已有超過四百年的歷史！

- 表達多少以上、超過多少時，可用副詞бо́льше加數詞第二格。четы́реста的第二格為четырёхсо́т。

  В выходны́е на фестива́ле у́личного кино́ бы́ло бо́льше ты́сячи посети́телей. 週末在街頭電影節有超過一千位訪客。

➤ **Там стои́т па́мятник знамени́тому ру́сскому поэ́ту Пу́шкину и его́ жене́.** 那裡有著名俄國詩人普希金及其妻子的紀念碑。

- 表達紀念碑是獻給某人、為某人而設立時，「某人」需用第三格，例如па́мятник Петру́ Пе́рвому（彼得一世紀念碑）。而表達紀念碑的作者時，「作者名字」需用第二格，例如па́мятник ску́льптора Петра́ Петро́ва（雕塑家彼得‧彼得羅夫的紀念碑作品）。

  На Тверско́й пло́щади стои́т па́мятник Юрию Долгору́кому. 在特維爾廣場上矗立著尤里‧多爾戈魯基紀念碑。

➤ **На ле́кции по ру́сской литерату́ре XIX ве́ка нам расска́зывали о его́ жи́зни и произведе́ниях.** 在十九世紀俄國文學的講座課中，給我們講述了他的一生和作品。

- 表達某領域、範圍時，可用前置詞по加第三格。

  – Како́й экза́мен ты сдал вчера́? 昨天你通過了什麼考試？
  – Вчера́ я сдал экза́мен по фи́зике. 昨天我通過了物理學考試。

➤ **Жела́ю вам прия́тной прогу́лки.** 祝妳們散步愉快。

- 用動詞жела́ть表達期望某人健康、幸福時，「某人」要用第三格，而「健康、幸福」等抽象名詞用第二格。

  Я жела́ю тебе́ всего́ са́мого наилу́чшего. 我祝你一切順利。

實用詞彙

雙都景點 🎧 MP3-23

Моско́вский Кремль	莫斯科克里姆林宮
Мавзоле́й В. И. Ле́нина	列寧墓
ГУМ	古姆百貨
Большо́й теа́тр	大劇院
храм Христа́ Спаси́теля	基督救世主主教座堂
Третьяко́вская галере́я	特列季亞科夫美術館
Новоде́вичий монасты́рь	新聖女修道院
парк Го́рького	高爾基公園
ВДНХ	國民經濟成就展覽館
музе́й-запове́дник «Цари́цыно»	察里津諾博物館保護區
Дворцо́вая пло́щадь	宮殿廣場
Петропа́вловская кре́пость	彼得保羅要塞
Мари́инский теа́тр	馬林斯基劇院
Госуда́рственный Эрмита́ж	國立艾爾米塔什博物館
Исаа́киевский собо́р	聖以撒主教座堂
Каза́нский собо́р	喀山主教座堂
храм Спа́са на Крови́	滴血救世主教堂
Ле́тний сад	夏園
Екатери́нинский дворе́ц	凱薩琳宮
музе́й-запове́дник «Петерго́ф»	彼得霍夫宮博物館保護區

市區觀光 🎧 MP3-24

индивидуа́льная экску́рсия	個人遊覽
группова́я экску́рсия	團體遊覽
авто́бусная экску́рсия	巴士遊覽
двухэта́жный экскурсио́нный авто́бус	雙層遊覽巴士
речна́я прогу́лка на теплохо́де	搭船沿河遊覽
вече́рняя пешехо́дная прогу́лка	夜間徒步遊覽
гла́вные достопримеча́тельности	主要景點
истори́ческие па́мятники	歷史古蹟
смотрова́я площа́дка	觀景臺
разво́дка мосто́в	開橋
профессиона́льный гид	專業領隊
популя́рный маршру́т	熱門路線
продолжи́тельность экску́рсии	行程持續時間
ме́сто встре́чи	集合地點
взро́слый биле́т	成人票
льго́тный биле́т	優惠票
заброни́ровать экску́рсию	預訂行程
получи́ть подтвержде́ние	收到確認
оплати́ть на ме́сте	現場付款
взять аудиоги́д напрока́т	租借語音導覽

語法解析：第三格

① 表達誰需要某人、某物或做某事

➤ Ива́ну ну́жен суперлёгкий рюкза́к, а Анне нужна́ туристи́ческая пала́тка. 伊凡需要超輕背包，而安娜需要帳篷。

➤ Пассажи́рам ну́жно купи́ть биле́т на по́езд. 乘客需要購買火車票。

- 表達誰需要某人或某物時，可用形容詞**ну́жный**短尾形式，「需要者」用第三格，「被需要的人或物」用第一格，**ну́жный**短尾形式的性與數需跟著第一格變化。

◎ **表格速記：形容詞ну́жный短尾形式**

陽性	中性	陰性	複數
ну́жен	ну́жно	нужна́	нужны́

- 表達過去或將來需要時，需在**ну́жный**短尾形式後面加上**быть**過去時或將來時。

когда́? 什麼時候	кому́? 誰	ну́жный 短尾形式	кто-что? 某人，某物
Вчера́ 昨天	Бори́су 鮑里斯	ну́жен был ну́жно бы́ло нужна́ была́　曾需要 нужны́ бы́ли	клей 膠水 фо́то 照片 лине́йка 尺 но́жницы 剪刀
Сейча́с 現在		ну́жен ну́жно нужна́　需要 нужны́	ключ 鑰匙 лека́рство 藥 су́мка 包包 очки́ 眼鏡
За́втра 明天		ну́жен бу́дет ну́жно бу́дет нужна́ бу́дет　將需要 нужны́ бу́дут	га́лстук 領帶 пальто́ 大衣 ша́пка 毛帽 боти́нки 短筒靴

- 表達誰需要做某事時，可用нýжно（нýжный短尾中性形式）或нáдо。нýжно的語氣偏建議，нáдо較口語，語氣較強烈。「需要做某事的人」用第三格，「需要做的動作」用動詞不定式。過去時用нýжно бы́ло，將來時則用нýжно бýдет。

когда́? 什麼時候	кому́? 誰	нýжный 短尾形式	что де́лать / что сде́лать? 做某事／做完某事
Вчера́ 昨天	Бори́су 鮑里斯	нýжно бы́ло 曾需要	переводи́ть статьи́ 翻譯文章 верну́ть кни́ги дру́гу 把書還給朋友
Сейча́с 現在		нýжно 需要	
За́втра 明天		нýжно бýдет 將需要	

小試身手❶：請填入形容詞нýжный短尾正確形式。

1. На про́шлой неде́ле нам ＿＿＿＿＿＿＿＿＿＿＿＿＿ мно́го рабо́тать, а на

   сле́дующей неде́ле нам ＿＿＿＿＿＿＿＿＿＿ пое́хать в командиро́вку.

2. За́втра Анне не ＿＿＿＿＿＿＿＿＿＿ э́та маши́на.

3. Сего́дня мне ＿＿＿＿＿＿＿＿＿＿ пойти́ к врачу́.

4. Тебе́ сейча́с ＿＿＿＿＿＿＿＿＿＿ э́ти ру́чки?

5. Мне ＿＿＿＿＿＿＿＿＿＿ э́тот планше́т. Я его́ куплю́.

◉ **表格速記：名詞第三格**

數格	陽性			中性		陰性			
單一	-子音	-й	-ь	-о	-е	-а	-я	-ия	-ь
單三	-у	-ю	-ю	-у	-ю	-е	-е	-ии	-и
複三	-ам	-ям	-ям	-ам	-ям	-ам	-ям	-иям	-ям, -ам[1]

[1] -жь, -чь, -шь, -щь：去掉-ь，加上-ам

- Кому́ нужна́ ви́лка? 誰需要叉子？
- Ви́лка нужна́ де́вочке. 需要叉子的是小女孩。

- Кто ну́жен де́тям? 孩子們需要誰？
- Де́тям ну́жен репети́тор по биоло́гии. 孩子們需要生物家教老師。

小試身手②：請將單詞組成完整的句子，詞序不變。

1. Никола́й и Юлия / ну́жный / но́вый большо́й холоди́льник.

    _____

2. Ра́ньше / Ко́стя и его́ мать / ну́жный / удо́бное кре́сло.

    _____

3. Ка́тя и её роди́тели / ну́жный / хоро́шая маши́на.

    _____

4. Вчера́ / де́вушка 複數 / не ну́жный / гото́виться к вечери́нке.

    _____

5. Ско́ро / сосе́д 複數 / ну́жный / на́ша по́мощь.

    _____

> **小叮嚀**
>
> 陽性名詞 сосе́д（鄰居）的複數第一格是 сосе́ди，複數第二、四格是 сосе́дей，複數第三格是 сосе́дям。

❷ 表達去找某人與接近某人或某處

> Роди́тели прие́хали в Москву́ к свое́й ста́ршей до́чери. 父母來到了莫斯科自己的大女兒那裡。

> Ольга подошла́ к овощно́му кио́ску и купи́ла зелёный лук. 奧莉嘉走靠近蔬菜攤並買了青蔥。

- 運動動詞可與不同前置詞連用，表達不同意思：

  1. 與前置詞из、с加第二格連用時，表達「來自某處或某活動」。

  2. 與前置詞в、на加第四格連用時，表達「去某處或去從事某活動」。

  3. 與前置詞от加第二格連用時，表達「從某人那裡」。

  4. 與前置詞к加第三格連用時，表達「去某人那裡」。

◎ **表格速記：形容詞第三格**

格	陽性			中性		陰性		複數	
一	-ый	-о́й	-ий	-ое	-ее	-ая	-яя	-ые	-ие
三	-ому	-о́му	-ему, -ому[1]	-ому	-ему	-ой, -ей[2]	-ей	-ым	-им

[1]　-г-, -к-, -х-：加上-ому

[2]　-ж-, -ч-, -ш-, -щ-：重音在詞幹時，加上-ей

◎ **表格速記：疑問代詞како́й第三格**

格	陽性	中性	陰性	複數
一	како́й	како́е	кака́я	каки́е
三	како́му	како́му	како́й	каки́м

◉ **表格速記：物主代詞мой、наш第三格**

格	陽性		中性		陰性		複數	
一	мой	наш	моё	на́ше	моя́	на́ша	мой	на́ши
三	моему́	на́шему	моему́	на́шему	мое́й	на́шей	мои́м	на́шим

– К како́му учи́телю ча́сто хо́дит Па́вел? 帕維爾時常去找什麼老師？

– Он ча́сто хо́дит к своему́ шко́льному учи́телю. 他時常去找自己的中學老師。

– К каки́м певца́м прие́хали покло́нники? 歌迷們來看哪些歌手？

– Они́ прие́хали к свои́м люби́мым коре́йским певца́м. 他們來看自己心愛的韓國歌手們。

小試身手❸：請將畫線部分改成反義，並寫出完整的句子。

1. Врач идёт <u>от больно́го ма́льчика</u>.

_____

2. Сёстры <u>уе́хали</u> <u>от свое́й пожило́й ба́бушки</u>.

_____

3. <u>От своего́ уважа́емого профе́ссора</u> студе́нты пошли́ <u>в аудито́рию</u>.

_____

4. Журнали́сты <u>уйду́т от францу́зских поли́тиков с пресс-конфере́нции</u>.

_____

5. Друзья́ <u>пришли́ от свои́х знако́мых перево́дчиков на на́шу встре́чу</u>.

_____

- 運動動詞前綴под-表達接近、靠近，與定向運動動詞идти́、éхать結合時，形成完成體動詞подойти́、подъéхать。其過去時（подошёл、подъéхал）表達已經接近某人或某處，而將來時（подойду́、подъéду）表達預計、打算接近某人或某處。「被接近的某人或某處」用前置詞к加第三格表達。

◎ **表格速記：動詞подойти́、подъéхать過去時**

人稱	подойти́	подъéхать
он	подошёл	подъéхал
онá	подошлá	подъéхала
они́	подошли́	подъéхали

◎ **表格速記：動詞подойти́、подъéхать將來時**

人稱	подойти́	подъéхать
я	подойду́	подъéду
ты	подойдёшь	подъéдешь
он / онá	подойдёт	подъéдет
мы	подойдём	подъéдем
вы	подойдёте	подъéдете
они́	подойду́т	подъéдут

➢ Мари́я подошла́ к авто́бусной остано́вке и встре́тила своего́ бы́вшего па́рня. 瑪麗婭走靠近公車站牌，並遇見了自己的前男友。

➢ Когда́ тури́сты подъе́хали к сле́дующему го́роду, экскурсово́д на́чал расска́зывать о его́ исто́рии. 當遊客接近下一個城市時，導遊開始講述它的歷史。

小試身手❹：請填入動詞подойти́、подъе́хать與提示詞正確形式。

1. Молодо́й челове́к _____ _____ (краси́вая де́вушка) и пригласи́л её танцева́ть.

2. Ма́ма _____ _____(стира́льная маши́на) и бро́сила в неё оде́жду.

3. Алло́, Ма́ша! Я сейча́с в авто́бусе. Когда́ я _____ _____(Театра́льная пло́щадь), я пошлю́ тебе́ СМС.

4. Мы _____ _____(городски́е часы́) и посиди́м немно́го ря́дом.

5. Они́ _____ _____(у́личный худо́жник 複數) и посмотре́ли их карти́ны.

- 前置詞к與代詞單數第一人稱（я）第三格連用時，需變成ко。與代詞第三人稱（он、она́、они́）第三格連用時，代詞前面則需加上н。

◉ **表格速記：前置詞к與人稱代詞第三格連用**

格	我	你，妳	他，它	她	我們	你們，您	他們
一 кто?	я	ты	он, оно́	она́	мы	вы	они́
三 к кому́?	ко мне	к тебе́	к нему́	к ней	к нам	к вам	к ним

- Куда́ вы спеши́те? 你們急著去哪裡？
- На́ша дочь попа́ла в ава́рию. Нам на́до пое́хать к ней. 我們的女兒出意外了。我們必須去找她。

- Макси́м, куда́ ты идёшь? 馬克西姆，你現在去哪裡？
- Я иду́ к Никола́ю. Он пригласи́л меня́ к себе́ в го́сти. 我去找尼古拉。他邀請我去他那裡做客。

小試身手⑤：請填入人稱代詞正確形式。

1. **Лу́кас:** Ива́н, у меня́ Интерне́т пло́хо рабо́тает. Ты мо́жешь за́втра прийти́ _____ посмотре́ть, что случи́лось?

   Ива́н: За́втра я смогу́ зайти́ _____ то́лько по́сле пяти́.

2. **Ма́ма:** Ба́бушка спра́шивает, когда́ ты пойдёшь _____?

   Сын: Ду́маю, смогу́ в 7.

3. **Эмма:** Анна, ты ча́сто ви́дишь свои́х роди́телей?

   Анна: К сожале́нию, я ре́дко е́зжу _____. Они́ живу́т в друго́м го́роде.

4. **Студе́нт:** Андре́й Никола́евич, мо́жно _____ на мину́ту?

   Андре́й Никола́евич: Да-да, коне́чно. Проходи́те.

5. **Друг:** Как жаль, что Ди́ма уе́хал от нас в Аме́рику.

   Подру́га: Да… Я о́чень скуча́ю по нему́. По́мню, что ра́ньше я ча́сто ходи́ла _____, и мы вме́сте болта́ли до но́чи.

小叮嚀

前置詞по́сле與до加第二格，皆可表達時間界線。其中，по́сле表達某時間點、活動或事件之後，而до則表達之前，例如：по́сле уро́ка（下課後）、по́сле шести́（часо́в）（六點後）、до еды́（用餐前）、до трёх（часо́в）（三點前）。

❸ 表達某人身心狀態與感受

> ➤ Этому но́вому студе́нту ещё тру́дно говори́ть на ру́сском языке́. 說俄語對這位新學生而言還很困難。

> ➤ Этим иностра́нным тури́стам понра́вилось гуля́ть по це́нтру э́того го́рода. 這些外國遊客喜歡上了在這座城市市中心散步。

- 表達某人身心狀態與感受時，「某人」用第三格，而ве́село（快樂）、гру́стно（憂傷）、интере́сно（有趣）、ску́чно（無聊）、прия́тно（愉快）、легко́（容易，輕鬆）、тру́дно（吃力，困難）等謂語副詞的後面可加動詞不定式。

- 表達過去的狀態與感受時，謂語副詞前面加上бы́ло。表達將來的狀態與感受時，則加上бу́дет。

◉ **表格速記：指示代詞э́тот第三格**

格	陽性	中性	陰性	複數
一	э́тот	э́то	э́та	э́ти
三	э́тому	э́тому	э́той	э́тим

- Кому́ бу́дет интере́сно посмотре́ть ру́сский бале́т? 誰將對欣賞俄羅斯芭蕾感興趣？

- Э́той япо́нской студе́нтке бу́дет интере́сно посмотре́ть ру́сский бале́т. 這位日本女學生將對欣賞俄羅斯芭蕾感興趣。

> ➤ Этим городски́м де́тям бы́ло ве́село проводи́ть ле́тнее вре́мя у ба́бушки на да́че. 這群都市兒童對於在奶奶的鄉間小屋度過夏日時光感到愉快。

小試身手⑥：請用括號內的詞完成句子。

1. _____(Этот ма́ленький ма́льчик)
   ве́село ката́ться на велосипе́де по площа́дке.

2. _____(Эта молода́я де́вушка) легко́
   гото́вить у́жин ка́ждый день.

3. _____(Эта ру́сская подру́га) бу́дет
   прия́тно смотре́ть япо́нские мультфи́льмы.

4. _____(Этот иностра́нный колле́га 複數)
   бы́ло ску́чно слу́шать его́ докла́д.

5. _____(Этот сла́бый шко́льник 複數)
   всегда́ хо́лодно сиде́ть в э́том за́ле.

- 表達誰喜歡（нра́виться 未、понра́виться 完）某人或某物時，「誰」用第三格，「被喜歡的某人或某物」用第一格，動詞則跟著第一格變。表達喜歡做某事時，「做某事」用未完成體動詞不定式，動詞喜歡（нра́виться／понра́виться）則用現在時單數第三人稱或過去時中性。

- 請注意發音！不論是原形結尾-ться，還是單、複數第三人稱-тся，皆念[ца]。

- 未完成體動詞нра́виться表達一般普遍事實、過程，即喜歡或不喜歡。

➤ Ра́ньше э́тому пожило́му челове́ку нра́вилось игра́ть в те́ннис, а тепе́рь ему́ нра́вится игра́ть в ша́хматы. 之前這位上了年紀的人曾喜歡打網球，而現今他喜歡下西洋棋。

➤ Ра́ньше Ле́не нра́вился э́тот молодо́й челове́к, а тепе́рь ей нра́вится друго́й. 之前列娜曾喜歡這位年輕人，而現今她喜歡另一位。

- 完成體動詞понра́виться強調一次、結果。例如之前從來沒看過某影片，不知道它是否好看，有一天突然心血來潮，花了兩個小時看完之後，覺得很好看，像這種從原先的沒感覺，到接觸之後喜歡上了，「最後喜歡上了的那一刻」就可以用完成體動詞понра́виться過去時表達。

➤ Вчера́ коре́йские студе́нты смотре́ли э́тот фильм. Э́тим коре́йским студе́нтам понра́вился э́тот фильм. 昨天韓國學生們看了這部影片。這群韓國學生們喜歡上了這部片。

– Как тебе́ вчера́шняя вечери́нка? Понра́вилась? 你覺得昨天的晚會怎麼樣？喜歡上了嗎？

– К сожале́нию, не о́чень. 很可惜，不是很喜歡。

小試身手⑦：請填入動詞нра́виться、понра́виться正確形式。

1. **Са́ша:** Оле́г, послу́шай э́ту кита́йскую пе́сню. Она́ тебе́ _____.

   Оле́г: Отку́да ты зна́ешь, что мне _____ слу́шать кита́йские пе́сни?

2. Ира никогда́ не ката́лась на самока́те, потому́ что ей не _____ е́здить бы́стро. Но одна́жды она́ попро́бовала ката́ться на самока́те по у́лице, и ей о́чень _____. Тепе́рь она́ ката́ется ка́ждый день.

3. **Муж:** Мне не _____ э́ти костю́мы. Они́ старомо́дные.

   Жена́: Почему́? А мне _____. Тем бо́лее ра́ньше они́ тебе́ то́же _____, нет?

4. **Де́вушка:** Я хочу́ посмотре́ть э́тот шарф.

   Продавщи́ца: Этот шарф вам о́чень идёт. Я ви́жу, что он вам о́чень _____.

   Де́вушка: Я его́ возьму́. Ско́лько он сто́ит?

5. **Подру́га:** Почему́ ты не ешь?

   Друг: Потому́ что мне не _____ виногра́д.

   Подру́га: Пра́вда? А ты пьёшь вино́?

   Друг: Да, но мне _____ то́лько бе́лое вино́.

小叮嚀

運動動詞除了表達移動外，還有其他意義。идти可表達某物適合某人，此時「某物」用第一格，「某人」用第三格，動詞跟著第一格變。

➢ Эти мо́дные очки́ Мари́не не иду́т. 這副時尚眼鏡不適合瑪麗娜。

➢ Эта коро́ткая причёска ей о́чень идёт. 這個短髮造型非常適合她。

短文

　　Неда́вно Эмма и её шко́льная подру́га соверши́ли путеше́ствие по Золото́му кольцу́. Они́ бы́ли в таки́х города́х, как Се́ргиев Поса́д, Пересла́вль-Зале́сский, Росто́в Вели́кий, а та́кже Яросла́вль. Это путеше́ствие Эмме и её шко́льной подру́ге о́чень понра́вилось. Почему́?

　　Во-пе́рвых, они́ бы́ли в тех места́х, где снима́ли сове́тский фильм «Ива́н Васи́льевич меня́ет профе́ссию». Это Росто́вский Кремль. Они́ вспомина́ли, как геро́и бе́гали по нему́. Во-вторы́х, когда́ они́ остана́вливались на да́че у ме́стного жи́теля, хозя́йка гото́вила для них вку́сные ру́сские блю́да. Эмме понра́вились её пирожки́, а подру́ге понра́вился я́блочный пиро́г. В-тре́тьих, Эмма была́ дово́льна, что она́ мно́го говори́ла с людьми́ на ру́сском языке́. У неё тепе́рь есть сме́лость подойти́ к ру́сским и пообща́ться с ни́ми.

　　Кро́ме того́, Эмма купи́ла мно́го ру́сских традицио́нных сувени́ров. Она́ реши́ла подари́ть ма́ме и ста́ршей сестре́ платки́, а свои́м друзья́м — настоя́щую дома́шнюю медову́ху.

不久前，艾瑪和她的中學朋友完成了金環之旅。他們去了謝爾吉耶夫鎮、佩列斯拉夫爾－扎列斯基、大羅斯托夫，以及雅羅斯拉夫等城市。艾瑪和她的中學朋友非常喜歡這次旅行，為什麼呢？

首先，他們去了蘇聯電影《伊凡・瓦西里耶維奇換職業》拍攝的那些地方。這是羅斯托夫克里姆林宮。他們回想起主角們在此逃竄的情景。第二，當他們下榻在當地居民的鄉間小屋時，女主人為她們準備了美味的俄羅斯菜餚。艾瑪喜歡上了她的小餡餅，而朋友喜歡蘋果派。第三，艾瑪很滿意她一直用俄語與人交談。她現在有勇氣走向俄羅斯人並與他們交流。

此外，艾瑪買了很多俄羅斯傳統紀念品。她決定送頭巾給媽媽和姊姊，而自己的朋友們則是送真正的家釀蜂蜜酒。

請再閱讀短文一次，並回答問題。

1. В каки́х города́х Золото́го кольца́ бы́ли Эмма и её шко́льная подру́га?

---

2. Где бе́гали геро́и фи́льма «Ива́н Васи́льевич меня́ет профе́ссию»?

---

3. Кому́ понра́вились пирожки́? А кому́ понра́вился я́блочный пиро́г?

---

4. Что тепе́рь Эмма мо́жет сме́ло де́лать?

---

5. Кому́ Эмма реши́ла подари́ть настоя́щую дома́шнюю медову́ху?

俄電影

彼得調頻
Пи́тер FM

　　本片是奧克薩娜‧貝琪科娃（Окса́на Бычко́ва）執導，2006年上映的愛情文藝喜劇片。

　　瑪莎（Ма́ша）是聖彼得堡流行廣播電臺DJ，她與未婚夫柯斯嘉（Ко́стя）即將步入禮堂。某天，瑪莎趕著去找柯斯嘉，掛在脖子上的手機不小心被過馬路的人潮擠掉在地上，此時正好被馬克西姆（Макси́м）撿起。他是位年輕建築師，住在聖彼得堡的出租閣樓。他在國際建築大賽中獲獎，準備去德國工作。

　　瑪莎與柯斯嘉見面時，才發現手機不見了。她拿起柯斯嘉的手機打給自己，這是瑪莎和馬克西姆第一次通電話，兩人相約今晚見面。一旁的柯斯嘉聽著女友與陌生男子對話，愈聽醋意愈濃，竟開始數落起瑪莎的打扮。

　　見面時間到了，馬克西姆準時赴約，但他等了一個小時卻不見瑪莎到來。原來她被節目部經理叫去訓話而耽擱了。等她匆忙趕到時，馬克西姆早已離開。夜晚瑪莎睡不著，拿起室內電話撥自己的手機，這是兩人第一次電話長談，素未謀面的他們聊到了婚禮、未來，還有命運，並開始用「你」相稱。兩人再次相約隔天早上見面。

　　早上兩人又因為各自遭遇而未見到彼此。上晚班時，經理不滿瑪莎的作為，直言開除她。瑪莎沮喪地下樓，看到柯斯嘉捧著花等她下班，但她終於向他說出拒婚的心裡話。深夜，瑪莎坐在住家窗邊，馬克西姆坐在橋上，兩人再度通上電話。馬克西姆問起婚禮籌備得如何，瑪莎難過地哭了起來，馬克西姆也說自己被女朋友拋棄了。兩人彼此互相安慰，馬克西姆說：「生活總之是無法預料的。只有在電影中一切都按照劇本走。」沒人能料到一支手機竟然讓彼此的生活有了巨大變化。他們相約隔天見面。

　　馬克西姆決定退回赴德國工作的合約。經理一早打電話給瑪莎，她又回到工作崗位。一場大雨過後，當馬克西姆走在橋上時，瑪莎剛好來電，由於手機快沒電了，馬克西姆想拿紙筆抄下瑪莎的其他電話號碼，手機卻噗通一聲掉進河裡。

　　在這座城市裡，瑪莎與馬克西姆曾多次近距離擦身而過，彼此也感覺就是對方，卻始終未互相走近。最後馬克西姆只好打電話到電臺留言給瑪莎，而接起電話的就是他要找的那個人。

06 | Шесто́й уро́к

Я неда́вно начала́ интересова́ться фигу́рным ката́нием

我不久前開始對花式滑冰感興趣

1. 學會表達冬季活動與興趣嗜好相關詞彙
2. 學會表達對某事物感興趣、醉心及欣賞某事物
3. 學會表達某人是、成為、擔任
4. 學會表達在上方、下方、中間、旁邊、後面

Я не трус, но я бою́сь.
我不是懦夫，但我害怕。

會話　MP3-26　請聽音檔，並跟著一起念。

Анна：　Лу́кас, что но́вого? Что ты смо́тришь?

盧卡斯，有什麼新鮮事呢？你在看什麼？

Лу́кас：　Фигу́рное ката́ние. Эмма подели́лась со мной видеоро́ликами выступле́ний Али́ны Заги́товой.

花式滑冰。艾瑪與我分享了阿麗娜·扎吉托娃的表演短片。

Анна：　Она́ была́ олимпи́йской чемпио́нкой. А тепе́рь ста́ла журнали́сткой. Иногда́ выступа́ет как телеведу́щая.

她曾是奧運冠軍。而現在成為了新聞工作者。有時候擔任電視節目主持人。

Лу́кас：　Ви́димо, ты её хорошо́ зна́ешь!

看來，妳很瞭解她！

Анна：　Я неда́вно начала́ интересова́ться фигу́рным ката́нием. Зна́ешь, в Москве́ откры́ли мно́го катко́в. Вчера́ мы с друзья́ми ходи́ли ката́ться на конька́х в парк Го́рького.

我不久前開始對花式滑冰感興趣。你知道嗎，在莫斯科開設了很多滑冰場。昨天我和朋友們去高爾基公園滑冰。

Лу́кас：　Ката́ться на откры́том катке́, ду́маю, интере́сно, но у меня́ нет конько́в.

我想，在戶外滑冰場滑很有趣，但是我沒有滑冰鞋。

Анна：　Пря́мо на катке́ мо́жно взять их напрока́т. Там ещё мо́жно тренирова́ться с о́пытным тре́нером. Ой, уже́ полпя́того? Мне пора́ бе́гать.

可以直接在滑冰場租借。在那裡還可以和有經驗的教練一起練習。噢，已經四點半了嗎？我得去跑步了。

Лу́кас：　Где ты бу́дешь бе́гать?

妳將要在哪裡跑呢？

Анна：　Вот за э́тими дома́ми есть ма́ленький парк. Я там бе́гаю по среда́м пе́ред у́жином.

瞧，在這些房子後面有小公園。我每週三晚餐前都會在那裡跑步。

Лу́кас：　Я то́же пойду́ с тобо́й побе́гать.

我也跟妳去跑一跑。

單詞&俄語這樣說

單詞 🎧 MP3-27

видеоро́лик	陽	短片
ви́димо	副	看來，大概，想必
выступа́ть	未	（在公開場合）講話或發言，演出，表演
выступле́ние	中	演出，表演
интересова́ться (интересу́юсь, интересу́ешься)	未	（+第五格）感興趣，對……有興趣
ката́ться	未	（不定向運動動詞）騎，滑，溜
като́к	陽	滑冰場
коньки́	複	冰刀，冰鞋
напрока́т	副	租借，租賃
олимпи́йский	形	奧林匹克運動會的
о́пытный	形	有經驗的
откры́тый	形	露天的
откры́ть (откро́ю, откро́ешь)	完	開辦，開關
подели́ться (поделю́сь, поде́лишься)	完	分享；〈轉〉把……告訴誰
телеведу́щий	陽	電視節目主持人，電視播音員
тре́нер	陽	教練
тренирова́ться (трениру́юсь, трениру́ешься)	未	訓練，操練，鍛鍊，練習
чемпио́нка	陰	（女）冠軍

俄語這樣說

➢ **Эмма поделѝлась со мной видеорóликами выступлéний** Алѝны Загѝтовой. 艾瑪與我分享了阿麗娜‧扎吉托娃的表演短片。

- 俄羅斯人的名字、父名和姓氏在句子中皆需變格。名字和父名的變格規則與動物名詞相同。姓氏則需按照下列規則變化：

  1. 結尾為-ский、-ская時，按照形容詞變格，例如Чайкóвский的第二、四格為Чайкóвского；Чайкóвская的第四格為Чайкóвскую。

  2. 結尾為-ов、-ев、-ын、-ин的男子姓氏需按照動物名詞變格，只有第五格按照形容詞變格，加上-ым，例如Тургéнев的第二、四格為Тургéнева，第五格為Тургéневым。

  3. 結尾為-ова、-ева、-ына、-ина的女子姓氏需按照形容詞變格，把-a變成-ой，只有第四格按照名詞變成-y，例如Ахмáтова的第二格為Ахмáтовой，第四格為Ахмáтову。

  Вéчером Волóдя рассказáл нам о певѝцах Алле Пугачёвой и Полѝне Гагáриной. 晚上瓦洛佳跟我們講了關於女歌手阿拉‧普加喬娃和波琳娜‧加加琳娜的事。

➢ **Ужé** полпятого? 已經四點半了嗎？

- 表達現在幾點半時，非正式、口語說法為половѝна（一半）加上順序數詞第二格。更口語的說法是將половѝна縮短為пол並與順序數詞第二格連寫在一起。

- 需特別注意的是順序數詞。每日時針從零點開始，零點到一點為第一個小時，所以零點半為половѝна пéрвого。因為這是口語用法，所以下午四點半與上午四點半都是用第五個小時表達，即половѝна пятого。

  Мы договорѝлись встрéтиться óколо университéта в половѝне двенáдцатого. 我們講好十一點半在學校附近見面。

➢ **Мне пора́ бе́гать.** 我得去跑步了。

- 表達某人該做某事了，可用謂語副詞пора́（是……的時候了，該……了），「某人」需用第三格，「某事」用動詞不定式。

  Уже́ полтре́тьего. Нам пора́ игра́ть в те́ннис. 已經兩點半。我們該去打網球了。

➢ **Я там бе́гаю по среда́м пе́ред у́жином.** 我每週三晚餐前都會在那裡跑步。

- 表達規律地在某固定時間進行某動作時，可用前置詞по加第三格。

  По вто́рникам (=Ка́ждый вто́рник) у меня́ ле́кция по о́бщей психоло́гии. 每週二我有普通心理學講座課。

- 表達在某事件或活動之前時，可用前置詞пе́ред加第五格。

  Тебе́ на́до пить э́ти табле́тки пе́ред сном. 你必需在睡前服用這些藥片。

🔖 實用詞彙

冬季活動 🎧 MP3-28

занима́ться зи́мними ви́дами спо́рта	從事冬季運動
ката́ться на лы́жах	滑雪
ходи́ть на лы́жах	穿滑雪板健行
ката́ться на са́нках	滑小雪橇
ката́ться на сноубо́рде	滑單板
ката́ться на снегохо́де	騎雪上摩托車
ката́ться на соба́чьей упря́жке	乘坐狗拉雪橇
игра́ть в кёрлинг	玩冰壺
бе́гать на конька́х	滑冰，冰上跑步
пла́вать в ледяно́й воде́	在冰水中游泳
ходи́ть на зи́мнюю рыба́лку	冰上釣魚
ката́ться с го́рки	滑小雪山
лепи́ть снеговика́	堆雪人
ката́ть сне́жный ком	滾雪球
игра́ть в снежки́	打雪仗
стро́ить сне́жную кре́пость	建造雪堡壘
стро́ить ледяны́е скульпту́ры	建造冰雕
создава́ть сне́жного а́нгела	做雪天使
посеща́ть сне́жный фестива́ль	參觀雪祭
посеща́ть вы́ставку ледяны́х скульпту́р	參觀冰雕展

興趣嗜好 🎧 MP3-29

де́лать у́треннюю гимна́стику	做早操
занима́ться йо́гой	做瑜伽
занима́ться пила́тесом	做皮拉提斯
ходи́ть в фи́тнес-клуб	上健身房
собира́ть па́злы	拼圖
собира́ть ма́рки	蒐集郵票
собира́ть моне́ты	蒐集硬幣
выра́щивать цветы́	種花
заводи́ть соба́ку	養狗
игра́ть на музыка́льном инструме́нте	彈奏樂器
вести́ дневни́к	寫日記
вести́ блог	寫部落格
снима́ть влог	拍攝影音部落格
снима́ть фотогра́фии	拍照
вяза́ть крючко́м	鉤針編織
вяза́ть спи́цами	棒針編織
наблюда́ть звёзды	觀星
ходи́ть в го́ры	登山
реша́ть кроссво́рд	解填字遊戲
игра́ть в насто́льные и́гры	玩桌遊

語法解析：第五格

① 表達對某事物感興趣、醉心及欣賞某事物

➤ Анна Сергéевна увлекáется искýсством Востóка. 安娜‧謝爾蓋耶芙娜醉心於東方藝術。

➤ Егó отéц интересýется произведéниями Льва Толстóго. 他的父親對列夫‧托爾斯泰的作品感興趣。

• 表達對某事物感興趣（интересовáться），醉心、迷戀於某事物（увлекáться），以及欣賞某事物（любовáться）時，「某事物」用第五格，不需加任何前置詞。

◉ **表格速記：名詞第五格**

數格	陽性			中性		陰性		
單一	-子音	-й	-ь	-о	-е	-а	-я	-ь
單五	-ом, -ем[1]	-ем	-ем	-ом	-ем	-ой, -ей[2]	-ей, -ёй[3]	-ью
複五	-ами	-ями	-ями	-ами	-ями	-ами	-ями	-ями, -ами[4]

[1] -ж, -ч, -ш, -щ, -ц：重音在詞幹時，加上-ем
[2] -жа, -ча, -ша, -ща, -ца：重音在詞幹時，去掉-а，加上-ей
[3] 重音在詞尾時，去掉-я，加上-ёй
[4] -жь, -чь, -шь, -щь：去掉-ь，加上-ами

– Чем интересýется ваш сын? 您的兒子對什麼感興趣？

– Он интересýется экóномикой и бизнесом. 他對經濟和商業感興趣。

– Чем любит любовáться Нáстя? 娜斯佳喜愛欣賞什麼？

– Онá óчень любит любовáться цветáми. 她非常喜愛賞花。

小叮嚀

- 動詞интересова́ться表達某人對某事物感興趣，「某人」用第一格，「某事物」用第五格。

  ➢ **Я интересу́юсь му́зыкой.** 我對音樂感興趣。

- 動詞интересова́ть表達某事物使某人感興趣，「某事物」用第一格，「某人」用第四格。

  ➢ **Меня́ интересу́ет ру́сская му́зыка.** 俄羅斯音樂使我感興趣。

- 謂語副詞интере́сно表達某人有興趣做某事，「某人」用第三格，「做某事」用動詞不定式。

  ➢ **Мне интере́сно слу́шать ру́сскую му́зыку.** 我對聽俄羅斯音樂感興趣。

小試身手❶：請填入提示詞正確形式。

1. Ра́ньше Серге́й увлека́лся _____(те́ннис), а тепе́рь он увлека́ется _____(хокке́й).

2. В э́том прекра́сном ме́сте мо́жно любова́ться _____(приро́да) и _____(мо́ре).

3. В де́тстве я увлека́лась _____(жи́вопись 陰) и _____(та́нец 複數).

4. — Ты интересу́ешься _____(пе́сня 複數) Никола́я Ба́скова?

   — Совсе́м нет.

5. Ле́том мы собира́емся пое́хать в Сиби́рь любова́ться _____(Байка́л).

❷ 表達某人是、成為、擔任

➤ Игорь был глазны́м врачо́м. А тепе́рь он стал изве́стным поли́тиком.
伊格爾曾是眼科醫生。而現今成為了知名的政治人物。

➤ Мы с Иро́й познако́мились в шко́ле и ста́ли хоро́шими друзья́ми. 我和伊
拉在中學認識並成了好朋友。

• 表達某人是（ быть 過去時與將來時 ）、成為（ стать 完 ）、當或擔任（ рабо́тать ）
時，這些動詞後面需接第五格，不需加任何前置詞。

◉ **表格速記：形容詞第五格**

格	陽性			中性		陰性		複數	
一	-ый	-о́й	-ий	-ое	-ее	-ая	-яя	-ые	-ие
五	-ым	-ы́м, -и́м[1]	-им	-ым, -им[1]	-им	-ой, -ей[2]	-ей	-ыми	-ими

[1] -г-, -к-, -х-, -ж-, -ч-, -ш-, -щ-：加上-им

[2] -ж-, -ч-, -ш-, -щ-：重音在詞幹時，加上-ей

◉ **表格速記：疑問代詞како́й第五格**

格	陽性	中性	陰性	複數
一	како́й	како́е	кака́я	каки́е
五	каки́м	каки́м	како́й	каки́ми

◉ **表格速記：物主代詞мой、наш第五格**

格	陽性		中性		陰性		複數	
一	мой	наш	моё	на́ше	моя́	на́ша	мои́	на́ши
五	мои́м	на́шим	мои́м	на́шим	мое́й	на́шей	мои́ми	на́шими

— Кем ты хо́чешь рабо́тать? 你想當什麼？

— Я, наве́рное, бу́ду компью́терным инжене́ром. 我可能將是電腦工程師。

➢ Три го́да наза́д он стал мои́м му́жем. 三年前他成為了我的丈夫。

小試身手❷：請將單詞組成完整的句子，詞序不變。

1. Ви́ктор / наде́яться 現在時 / стать / гла́вный дире́ктор.

   _____

2. На сва́дьбе / я / быть 將來時 / са́мая краси́вая и счастли́вая неве́ста.

   _____

3. Друзья́ / рабо́тать 過去時 / шко́льный учи́тель 複數 / небольшо́й го́род.

   _____

4. Никола́й / уже́ давно́ / рабо́тать 現在時 / мой ча́стный тре́нер / пла́вание.

   _____

5. Они́ / обяза́тельно / стать 將來時 / наш замеча́тельный партнёр 複數.

   _____

❸ 表達在上方、下方、中間、旁邊、後面

➤ Мяч лежи́т под э́тим пи́сьменным столо́м. 球在這張書桌下方。

➤ Больни́ца нахо́дится за э́тими се́рыми зда́ниями. 醫院座落在這些灰色建築物後方。

• 表達在某人或某物的上方（над）、下方（под）、中間（ме́жду）、旁邊（ря́дом с）、後面（за）時，「某人或某物」需用第五格。

◉ **表格速記：指示代詞э́тот第五格**

格	陽性	中性	陰性	複數
一	э́тот	э́то	э́та	э́ти
五	э́тим	э́тим	э́той	э́тими

➤ Карти́ны вися́т над э́тим телеви́зором. 圖畫掛在這臺電視上方。

➤ Я жил ря́дом с э́тими магази́нами. 我曾住在這些商店旁邊。

小試身手③：請用指示代詞эtot、表達方位的前置詞加第五格，以及完整的句子完成對話。

1. — Гали́на Андре́евна, скажи́те, где бу́дет лежа́ть виногра́д?

　— ＿＿＿＿＿＿＿＿＿＿＿＿＿＿＿＿＿＿＿＿

　　蘋果和西洋梨中間

2. — Скажи́те, пожа́луйста, где нахо́дятся журна́лы?

　— ＿＿＿＿＿＿＿＿＿＿＿＿＿＿＿＿＿＿＿＿

　　俄英辭典後面

3. — Анто́н, где бассе́йн? Ещё далеко́?

　— ＿＿＿＿＿＿＿＿＿＿＿＿＿＿＿＿＿＿＿＿

　　日本餐廳旁邊

4. — Как вы ду́маете, где бу́дут висе́ть часы́?

　— ＿＿＿＿＿＿＿＿＿＿＿＿＿＿＿＿＿＿＿＿

　　書櫃上方

5. — Са́ша, где ко́шка?

　— ＿＿＿＿＿＿＿＿＿＿＿＿＿＿＿＿＿＿＿＿

　　床下方

短文

短文 🎧 **MP3-30**   請聽音檔，並跟著一起念。

Эмма, Лу́кас и Ива́н у́чатся в магистрату́ре. Они́ рабо́тают над свои́ми диссерта́циями. А в свобо́дное вре́мя они́ за́няты свои́ми люби́мыми дела́ми.

Эмма о́чень забо́тится о своём здоро́вье. Ка́ждое у́тро пе́ред за́втраком она́ занима́ется аэро́бикой. По выходны́м она́ хо́дит в фи́тнес-клуб занима́ться упражне́ниями с тре́нером. Лу́касу нра́вится де́лать что́-нибудь свои́ми рука́ми. В после́днее вре́мя он заинтересова́лся кера́микой. Он уже́ записа́лся на ку́рсы. Ско́ро у него́ бу́дет краси́вая ча́шка из гли́ны. Ива́ну ску́чно всё вре́мя сиде́ть до́ма. Ле́том он с отцо́м и со ста́ршим бра́том е́здит в дере́вню на рыба́лку. А зимо́й он увлека́ется зи́мними ви́дами спо́рта, осо́бенно лы́жными похо́дами. Он мечта́ет стать олимпи́йским чемпио́ном!

У друзе́й ра́зные увлече́ния, но они́ все согла́сны с тем, что их увлече́ния помога́ют им снять стресс, рассла́биться, а та́кже подня́ть настрое́ние.

　　艾瑪、盧卡斯和伊凡就讀於碩士班。他們從事自己的論文研究工作。而閒暇時他們忙著自己喜愛的事。

　　艾瑪非常關心自己的健康。每天早上早餐前她做有氧健身操。週末時她去健身俱樂部與教練一起練習。盧卡斯喜歡用自己的雙手製作東西。最近他對陶瓷產生了興趣。他已經報名了課程。他即將有美麗的陶土茶杯。一直待在家裡對伊凡而言很無聊。夏天他和父親與哥哥去鄉村釣魚。而冬天時他熱衷於冬季運動，特別是滑雪健行。他夢想成為奧運冠軍！

　　朋友們有不同的嗜好，但是他們一致同意，他們的嗜好可以幫助他們緩解壓力、放鬆精神，以及振奮情緒。

請再閱讀短文一次，並回答問題。

1. Над чем рабо́тают Эмма, Лу́кас и Ива́н?

　　_____

2. Чем занима́ется Эмма ка́ждое у́тро пе́ред за́втраком?

　　_____

3. Чем заинтересова́лся Лу́кас в после́днее вре́мя?

　　_____

4. Кем мечта́ет стать Ива́н?

　　_____

5. Каку́ю по́льзу прино́сят увлече́ния друзе́й?

　　_____

俄電影

鑽石手臂
Бриллиа́нтовая рука́

本片是列昂尼德・蓋達伊（Леони́д Гайда́й）執導，知名演員尤里・尼庫林（Юрий Нику́лин）、安那托利・帕帕諾夫（Анато́лий Папа́нов），以及安德烈・米羅諾夫（Андре́й Миро́нов）主演的蘇聯喜劇，莫斯科電影製片廠出品，1969年首映。

影片開場說明走私犯洗錢的手法，他們把貴重金幣藏在手杖中，讓人從國外帶回蘇聯，之後將其埋藏在土裡。接著趁參加週末義務勞動時，當著眾人的面假裝發現了這些硬幣，雖然需上繳國庫，但仍可從中獲得豐厚獎金。

畫面一轉，米哈伊爾・斯維特洛夫號即將出航，乘客之一是本片主角西蒙・西蒙諾維奇（Семён Семёнович），他是一位平凡普通、憨厚老實的蘇聯百姓，由於工作表現傑出，獲得搭輪船出國旅行的難得機會。與他同艙的室友格沙（Ге́ша）則是走私犯罪集團成員，當他抵達目的地時，必須按照指示，到某藥局前假裝踩到西瓜皮而摔倒，並說出暗號「真該死！」（Чёрт побери!）。此時，在藥局外等待的走私犯罪集團成員就會將鑽石珠寶藏在他的手臂，並打上石膏，以便天衣無縫地運送回國。

就在自由遊覽時，西蒙・西蒙諾維奇卻比格沙早一步走到藥局前，走私犯罪集團成員誤以為他是自己人，把他打昏後，將鑽石珠寶藏在其手臂石膏中。西蒙・西蒙諾維奇隱約看見這幕，他上船後向船長報告此事，船長除了安慰他，也請他別對外張揚。

回國下船後，西蒙・西蒙諾維奇搭上計程車。他起初不知道司機是警察喬裝的，還打了他一拳。警察表明身分後，認為西蒙・西蒙諾維奇將是可靠的「誘餌」，能將走私犯罪集團引誘出來，因此開始跟他說合作計畫。西蒙・西蒙諾維奇邊聽邊緊張起來，警察表示可以拒絕此提議，但西蒙・西蒙諾維奇既堅定又矛盾地說：「我不是懦夫，但我害怕。」表明其同意合作，但又缺乏足夠勇氣。

此時，走私犯罪集團也在計畫如何拆掉西蒙・西蒙諾維奇手上的石膏。首先，格沙約他去杳無人跡的地方釣魚，又約他去餐廳打算把他灌醉，之後又派美女到旅館引誘他，結果沒一項計畫是成功的。最後，西蒙・西蒙諾維奇按照警察指示，告訴了自己一直以為是好朋友的格沙將要拆石膏。接著經過一陣警匪瘋狂追逐後，終於將所有走私犯罪集團成員一網打盡。

07 | Седьмо́й уро́к

Я смотре́ла бале́т, в кото́ром выступа́ла моя́ люби́мая балери́на

我欣賞了我喜愛的芭蕾舞者演出的芭蕾舞劇

 學習 目標

1. 學會表達芭蕾、歌劇作品名稱與欣賞表演相關詞彙
2. 學會運用主從複合句表達說明意義
3. 學會運用主從複合句表達限定意義
4. 學會運用主從複合句表達時間意義

В су́щности, е́сли вду́маться,
вся на́ша жизнь — зал ожида́ния.
其實，如果仔細想想，
整個我們的人生就是個候車室。

會話 🎧 MP3-31　請聽音檔，並跟著一起念。

Анна:	Ян Мин, извини́. Вчера́, когда́ ты пришёл ко мне, меня́ не́ было до́ма.

昨天當你來找我時，我不在家。

Ян Мин:	Ничего́! Я слы́шал от Эммы, что ты вчера́ была́ в Большо́м теа́тре.

沒關係。我聽艾瑪說，妳昨天去了大劇院。

Анна:	Да, я смотре́ла бале́т, в кото́ром выступа́ла моя́ люби́мая балери́на. Поэ́тому я верну́лась домо́й по́здно.

對，我欣賞了我喜愛的芭蕾舞者演出的芭蕾舞劇。所以我很晚回到家。

Ян Мин:	Я никогда́ не́ был в Большо́м теа́тре. Я ду́маю, что доста́ть биле́т туда́ о́чень тру́дно, потому́ что туда́ хо́дят и москвичи́, и тури́сты.

我從來沒去過大劇院。我想，弄到去那裡的票很難，因為去那裡的既有莫斯科人，還有遊客。

Анна:	Согла́сна с тобо́й. Всегда́ на́до зара́нее покупа́ть биле́ты.

同意你。總是必須早點買票。

Ян Мин:	Как ты счита́ешь, где их лу́чше покупа́ть?

妳認為在哪裡買票較好呢？

Анна:	Я покупа́ю на официа́льном са́йте Большо́го теа́тра.

我在大劇院的官方網站購買。

Ян Мин:	Зна́чит, ты не рекоменду́ешь покупа́ть биле́т в театра́льном кио́ске, кото́рый нахо́дится о́коло вхо́да в метро́?

那麼，妳不推薦在地鐵入口附近的劇院售票亭買票嗎？

Анна:	Там то́же мо́жно.

那裡也可以。

Ян Мин:	Тогда́ за́втра по́сле рабо́ты я зайду́ туда́ узна́ть, каки́е после́дние спекта́кли сейча́с иду́т в Большо́м теа́тре.

那麼明天下班後我順道去那瞭解，現在在大劇院上演哪些最新的劇目。

🔔 單詞&俄語這樣說

單詞 🎧 MP3-32

балери́на	陰	女芭蕾舞演員，女舞蹈家
вход	陽	入口
доста́ть (доста́ну, доста́нешь)	完	搞到，弄到
зайти́ (зайду́, зайдёшь)	完	順便到……去
зара́нее	副	預先，事先
москви́ч	陽	莫斯科人
ничего́	副	〈口〉沒有關係，不要緊
о́коло	前	（+第二格）附近，旁邊
официа́льный	形	官方的，正式的
по́здно [зн]	副	很晚，很遲
после́дний	形	最新的，剛出現的
рекомендова́ть (рекоменду́ю, рекоменду́ешь)	未	推薦，介紹
сайт	陽	網站
слы́шать (слы́шу, слы́шишь)	未	聽說，聽到
согла́сный	形	贊同的，同意的
спекта́кль	陽	（演出的）戲劇
театра́льный	形	劇院的
тогда́	副	那麼，那就

俄語這樣說

➢ **Туда́ хо́дят и москвичи́, и тури́сты.** 去那裡的既有莫斯科人，還有遊客。

- и..., и...（既……，又……）為並列連接詞，需連接同樣詞性的單詞或詞組，具有加強語氣作用。

- 只有第一個и前面不需加逗號，其他的и前面皆需加逗號。

  На э́том конце́рте выступа́ли музыка́нты и из Росси́и, и из Кита́я, и из Аме́рики. 在這場音樂會表演的既有來自俄羅斯、又有來自中國，還有來自美國的音樂家。

➢ **Согла́сна с тобо́й.** 同意你。

- 表達同意、贊同某人時，可用形容詞согла́сный短尾形式，後面再加前置詞с加第五格，согла́сный短尾形式的性與數需跟著主語變化。

- 表達過去或將來同意時，需在согла́сный短尾形式前面加上быть過去時或將來時。

  Я не́ был согла́сен с Серге́ем Петро́вым, потому́ что его́ мне́ние бы́ло сли́шком категори́чным. 我不同意謝爾蓋・彼得羅夫，因為他的看法是太過堅決的。

◉ **表格速記：形容詞согла́сный短尾形式**

陽性	中性	陰性	複數
согла́сен	согла́сно	согла́сна	согла́сны

➢ **Тогда́ за́втра по́сле рабо́ты я** зайду́ **туда́ узна́ть, каки́е после́дние спекта́кли сейча́с** иду́т **в Большо́м теа́тре.** 那麼明天下班後我順道去那瞭解，現在在大劇院上演哪些最新的劇目。

- 前綴za-與運動動詞連用時，可表達順路、順道去某處。

   – Когда́ ты бу́дешь до́ма сего́дня? 今天你將什麼時候在家？
   – Бою́сь, что бу́ду по́здно, потому́ что моя́ ко́шка заболе́ла, мне на́до бу́дет нести́ её в ветерина́рную кли́нику. 我怕會很晚，因為我的貓咪生病了，我必須帶牠去動物診所。

小叮嚀

前置詞za加第五格可表達取、拿、接某人或某物。

Ма́ма у́шла в шко́лу за до́чками. 媽媽離開去學校接女兒們了。

- 運動動詞идти除了移動意義外，還有其他意義，例如在本句指的是電影、戲劇等上映、上演、演出。

   – В кинотеа́тре ещё идёт фильм «Чебура́шка»? 電影院還在放映電影《大耳查布》嗎？
   – К сожале́нию, его́ уже́ не пока́зывают. 很可惜，它已經不播了。

📓 實用詞彙

芭蕾歌劇 🎧 MP3-33

«Лебеди́ное о́зеро»	《天鵝湖》
«Спя́щая краса́вица»	《睡美人》
«Щелку́нчик»	《胡桃鉗》
«Жизе́ль»	《吉賽兒》
«Дон Кихо́т»	《唐吉訶德》
«Роме́о и Джулье́тта»	《羅密歐與茱麗葉》
«Зо́лушка»	《灰姑娘》
«Ива́н Гро́зный»	《伊凡雷帝》
«Анна Каре́нина»	《安娜・卡列尼娜》
«Пи́ковая да́ма»	《黑桃皇后》
«Жизнь за царя́» («Ива́н Суса́нин»)	《為沙皇效命》 （《伊凡・蘇薩寧》）
«Русла́н и Людми́ла»	《魯斯蘭與柳德米拉》
«Бори́с Годуно́в»	《鮑里斯・戈杜諾夫》
«Евге́ний Оне́гин»	《葉甫蓋尼・奧涅金》
«Ма́йская ночь»	《五月之夜》
«Снегу́рочка»	《雪姑娘》
«Садко́»	《薩特闊》
«Мо́царт и Сальери́»	《莫扎特與薩利埃里》
«Ца́рская неве́ста»	《沙皇的新娘》
«Князь Игорь»	《伊戈爾大公》

欣賞表演 🎧 MP3-34

посмотре́ть ру́сский бале́т	欣賞俄羅斯芭蕾舞劇
посмотре́ть францу́зский спекта́кль	欣賞法國戲劇
послу́шать италья́нскую о́перу	聽義大利歌劇
послу́шать конце́рт класси́ческой му́зыки	聽古典樂音樂會
купи́ть биле́т на спекта́кль	買戲劇表演票
вы́брать ме́сто в парте́ре	挑選池座的座位
пойти́ на премье́ру	去看首演
зара́нее прийти́ в теа́тр	早點來到劇院
предъяви́ть биле́т	出示門票
пройти́ контро́ль безопа́сности	通過安全檢查
сдать пальто́ в гардеро́б	把大衣寄放在寄衣處
купи́ть програ́ммку	買節目單
перекуси́ть в буфе́те	在餐飲部吃點東西
войти́ в зри́тельный зал	進入觀眾廳
найти́ своё ме́сто	找到自己的座位
перепу́тать ме́сто	弄錯座位
вы́ключить моби́льный телефо́н	將行動電話關機
соблюда́ть тишину́	保持安靜
аплоди́ровать арти́стам	為演員鼓掌
подари́ть буке́т арти́стам	獻花給演員

語法解析：主從複合句（一）

❶ 表達說明意義

> Ива́н сказа́л, что у него́ есть ли́шний биле́т на рок-конце́рт. 伊凡說他有多餘的搖滾音樂會門票。

> Анна объясня́ет, как пройти́ в Марии́нский теа́тр. 安娜解釋如何前往馬林斯基劇院。

- 主從複合句由主句與從句組成。「主句」是句子的主要部分，「從句」則是說明主句，可表達原因、說明、限定、時間、條件、讓步、目的等意義。

- 主句與從句用連接詞或關聯詞連接。連接詞與關聯詞放在從句最前面，並用逗號與主句隔開。

  1. 連接詞包括что、что́бы、потому́ что（因為）、когда́（當……時候）、е́сли（如果）、хотя́（雖然）等。

  2. 關聯詞由疑問代詞кто（誰）、что（什麼）、чей（誰的）、како́й（怎麼樣的，哪個）、кото́рый（那個，那樣的），以及疑問副詞как（如何）、когда́（什麼時候）、где（在哪裡）、куда́（去哪裡）、отку́да（從哪裡）、почему́（為什麼）、заче́м（為了什麼目的）、ско́лько（多少）等表示。

> За́втра мы бу́дем сиде́ть до́ма, потому́ что бу́дет идти́ снег. 明天我們將待在家裡，因為將下雪。

> Де́вушка забы́ла, ско́лько сто́ит э́тот биле́т в кино́. 女孩忘記了這張電影票多少錢。

> **小叮嚀**
>
> 運動動詞идти́可表達（雨、雪）下降、落下。
> > То́лько что шёл дождь, поэ́тому на у́лице мо́кро. 剛下過雨，所以街道上是溼的。

- 表達說明意義的從句（以下稱為「說明從句」）主要用來闡述主句中具有言語、思維、感受、評價等詞的具體內容。主句常用動詞如下：

未	完	
говори́ть	сказа́ть	說
ду́мать	поду́мать	想
понима́ть	поня́ть	理解，明白
ви́деть	уви́деть	看
слы́шать	услы́шать	聽
писа́ть	написа́ть	寫
спра́шивать	спроси́ть	問
отвеча́ть	отве́тить	回答
чу́вствовать	почу́вствовать	感覺
люби́ть		喜愛
нра́виться	понра́виться	喜歡
знать		知道
узнава́ть	узна́ть	得知
по́мнить		記得

- 說明從句常用的連接詞有что、чтобы，常用的關聯詞有кто、что、чей、какой、
  как、когда、где、куда、откуда、почему、зачем、сколько等。

小試身手❶：請填入符合語意的連接詞或關聯詞。

1. Мы хотим узнать, _____ лет этому японскому актёру.

2. Ты помнишь, _____ стоит наша машина?

3. Мама спрашивает, _____ идёт сын сегодня вечером.

4. Я не знаю, _____ его родной язык.

5. Нина не поняла, _____ он задал такой вопрос.

- 在説明從句中，**что**既可當連接詞，也可當關聯詞。

- **что**當連接詞時，在句子中不變格，也不會影響句子的意思。

➤ Я не знал, что емý нрáвится игрáть в баскетбóл. 我不知道他喜歡打籃球。

- **что**當關聯詞時，**что**是句子成分之一，會變格。

➤ Я не знáю, что он бýдет закáзывать на обéд. 我不知道他將點什麼當午餐。
  ※ **что**受到動詞**закáзывать**的影響，變成第四格。

小試身手 ② ：請填入連接詞或關聯詞 что 正確形式。

1. Оля сказáла, _____ ужé сдéлала домáшнее задáние.

2. Дéдушка спрáшивает, _____ они́ éздят на рабóту.

3. Ты знáешь, _____ интересýется твой стáрший брат?

4. Мы не слы́шали, _____ бýдут учáствовать эти студéнты.

5. Антóн написáл мне, _____ в четвéрг бýдет зáнят.

- 在說明從句中，當連接詞是**что**時，表示實際的、現實存在的事實。

➤ Мы понима́ем, что нам не о́чень подхо́дит э́тот преподава́тель. 我們明白這位老師不大適合我們。

- 當主句中具有請求、期望、必須等意義的動詞時，説明從句需用**что́бы**連接，主要表示實際上不存在，而是説話者期望發生或可能發生的事件。請特別注意，主句與從句的主語不同時，從句的動詞需用過去時。

➤ Все хотя́т, что́бы Ива́н то́же смог пое́хать на экску́рсию. 所有人希望伊凡也能去遊覽。

小叮嚀

動詞**подходи́ть** 未、**подойти́** 完是帶前綴**под-**的運動動詞，其加上前置詞**к**與第三格可表達走近、靠近。但是如果直接加第三格，則無移動的意義，而是轉義成表達適合、相宜、合身。

➤ Мы встре́тимся в два часа́ у кинотеа́тра. Тебе́ подойдёт? 我們兩點在電影院旁見面。你方便嗎？

小試身手 ❸ ：請填入連接詞что或чтобы。

1. Алекса́ндр попроси́л меня́, _____ я дал ему́ а́дрес неме́цкого дру́га.

2. Мы не зна́ли, _____ Игорь хо́чет подари́ть э́ти цветы́ Та́не.

3. Мы хоте́ли, _____ ба́бушка как мо́жно скоре́е вы́здоровела.

4. Ты слы́шал, _____ вчера́ у Ви́ктора был день рожде́ния?

5. Преподава́тель хо́чет, _____ за́втра все пришли́ на заня́тие во́время.

❷ 表達限定意義

➢ Ве́чером Серге́й ходи́л на ру́сскую о́перу, о кото́рой расска́зывал наш преподава́тель. 晚上謝爾蓋去欣賞了我們老師講述過的俄羅斯歌劇。

➢ На у́лице я встре́тил дру́га, кото́рый рабо́тает в шко́ле тре́нером по пла́ванию. 在街上我遇到了在學校擔任游泳教練的朋友。

- 表達限定意義的從句是用來說明主句中某個名詞的特徵或性質，最常用的關聯詞為 кото́рый（那個，那些，那樣的，那種）。

- кото́рый有性、數、格的變化，其變格方式和形容詞相同。請注意，其「性」與「數」需和主句中被說明的名詞一致，而「格」則取決於它在從句中表達的意思。如果кото́рый在從句中當主語，就用第一格，其他情形則用帶前置詞或不帶前置詞的各格形式。

- 帶кото́рый的從句不可放在句首。當它放在句尾時，從句前方需加上逗號；而插在句子中間時，則從句前後需用逗號隔開。

– Како́й друг позвони́л тебе́? 哪位朋友打了電話給你？
– Мне позвони́л друг, кото́рый верну́лся из командиро́вки. 打了電話給我的是出差回來了的朋友。
　※ кото́рый指主句中的陽性名詞друг，並在從句中當主語，所以用陽性第一格。

➢ Блю́да, кото́рые гото́вит ба́бушка Ива́на, о́чень вку́сные. 伊凡的奶奶煮的菜餚非常美味。
　※ кото́рые指主句的複數名詞блю́да，並在從句中受動詞гото́вит影響，所以用複數第四格。從句在主句中間時，前後皆需加上逗號。

小試身手④：請填入關聯詞котóрый正確形式。

1. Друзья́ бы́ли в общежи́тии, _____ живёт Андрéй.

2. Библиотéка, _____ чáсто хóдит Кáтя, называ́ется Библиотéка иностра́нной литерату́ры.

3. Áня, ты ви́дела су́мку, _____ мне подари́ла тётя?

4. Дру́га, _____ Ми́ша чáсто игра́ет в тéннис, зову́т Бори́с.

5. Сейчáс по телеви́зору выступа́ет экономи́ст, _____ америка́нские журнали́сты взя́ли интервью́.

小叮嚀

請注意關於採訪的表達方式：

- кто?(被採訪者) дава́ть 未 / дать 完 интервью́ кому?(採訪者，記者)

  ➢ **Победи́тель даёт интервью́ журнали́стам из рáзных стран.** 獲勝者接受來自不同國家的記者們採訪。

- кто?(採訪者，記者) брать 未 / взять 完 интервью́ у когó?(被採訪者)

  ➢ **Журнали́сты из рáзных стран беру́т интервью́ у победи́теля.** 來自不同國家的記者們採訪獲勝者。

- кото́рый通常放在從句的句首。如果用кото́рый來修飾從句中的名詞，該名詞需放在從句的句首，而кото́рый放在後面，並變成第二格。

➤ Нам понра́вился дом, о́кна кото́рого выхо́дят на ре́ку Неву́. 我們喜歡上了窗戶開向涅瓦河的房子。

※ кото́рого指主句中的陽性名詞дом，並在從句中修飾名詞о́кна，所以需用陽性第二格。

➤ Мари́на преподаёт в языково́й шко́ле, с дире́ктором кото́рой мы ча́сто игра́ем в те́ннис. 瑪麗娜在語言學校任教，我們時常與該校校長打網球。

※ кото́рой指主句中的陰性名詞шко́ла，並在從句中修飾名詞дире́ктор，所以需用陰性第二格。

小試身手❺：請用кото́рый連接句子。

1. Я получи́л письмо́ от <u>подру́ги</u>. <u>Она́</u> сейча́с рабо́тает зубны́м врачо́м в Росси́и.

   _____

2. Студе́нты пригласи́ли на ве́чер <u>кинокри́тика</u>. Статью́ <u>э́того кинокри́тика</u> они́ чита́ли на заня́тии.

   _____

3. <u>Па́мятник</u> называ́ется «Ме́дный вса́дник». <u>К э́тому па́мятнику</u> подошли́ тури́сты.

   _____

4. <u>Стадио́н</u> ещё стро́ят. <u>На э́том стадио́не</u> бу́дут соревнова́ния по фигу́рному ката́нию.

   _____

5. Сего́дня не́ было <u>студе́нтки</u>. <u>С ней</u> Оле́г ча́сто обсужда́ет росси́йское кино́.

   _____

小試身手⑥：請將句子翻譯成俄文。

1. 你吃完了姊姊在日本買的餅乾嗎？

_____

2. 掛在牆上的畫作值三千盧布。

_____

3. 在這間商店裡沒有弟弟喜歡的衣服。

_____

4. 伊凡與他在學生晚會中認識的韓國學生們一起踢足球。

_____

5. 我時常去午餐時安德烈講述過的義大利餐廳。

_____

小叮嚀

表達在什麼時候時，可用詞組 **во вре́мя** 加第二格，例如：**во вре́мя рабо́ты** （工作時）、**во вре́мя экза́мена**（考試時）、**во вре́мя путеше́ствия**（旅行時）。

❸ 表達時間意義

➤ Когда́ ма́ма гото́вит у́жин на ку́хне, де́ти игра́ют в мяч в гости́ной. 當媽媽在廚房準備晚餐時，孩子們在客廳玩球。

➤ Когда́ бра́тья поу́жинали, они́ пошли́ в ко́мнату игра́ть на компью́тере. 當兄弟們吃完了晚餐，他們去了房間玩電腦。

- 帶時間連接詞的從句主要表達主句動作發生、進行或完成的時間，最常用的連接詞為 когда́（何時，什麼時候）。從句可放在句首或句尾，並以逗號與主句隔開。

- 主句與從句的動作同時進行時，兩句的動詞通常會用未完成體。

➤ Когда́ преподава́тель объясня́ет пра́вила, студе́нты слу́шают и запи́сывают. 當老師解釋規則時，學生們聆聽並做筆記。

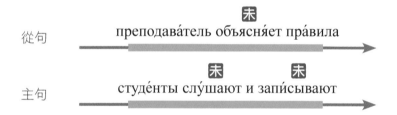

- 當從句的動作先完成了，緊接著主句的動作也完成了，此時兩句的動詞要用完成體。

➤ Когда́ я напишу́ письмо́, я пошлю́ его́ дру́гу. 當我將寫完信，我將把它寄給朋友。

- 在從句的動作進行過程中，主句的動作完成了，此時從句的動詞要用未完成體，而主句用完成體。

➢ Когда́ я шёл на по́чту, я встре́тил ста́рого дру́га. 當我去郵局時，我遇見了老朋友。

- 在主句的動作進行過程中，從句的動作完成了，此時主句的動詞要用未完成體，而從句用完成體。

➢ Когда́ па́па пришёл с рабо́ты домо́й, Ма́ша смотре́ла свой люби́мый му́льтик. 當爸爸下班回到家了，瑪莎在看自己喜愛的動畫片。

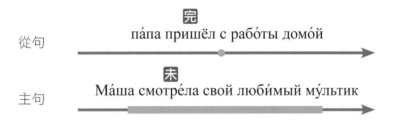

小試身手⑦：請將從句與主句連接起來。

1. _____, когда́ он бу́дет учи́ться в университе́те.

2. Когда́ Макси́м вошёл в аудито́рию, _____.

3. _____, когда́ он прие́хал во Фра́нцию.

4. _____, когда́ он е́хал в Петербу́рг.

5. Когда́ я вста́ну и поза́втракаю, _____.

(А) Никола́й познако́мился со свое́й бу́дущей жено́й в по́езде

(Б) я пое́ду на о́зеро на рыба́лку

(В) Ди́ма сра́зу позвони́л свои́м роди́телям

(Г) преподава́тель уже́ чита́л ле́кцию

(Д) Ви́ктор бу́дет изуча́ть францу́зский язы́к

◉ **表格速記**：動詞 **встать**（站起來，起立，起床）將來時

я	вста́ну	мы	вста́нем
ты	вста́нешь	вы	вста́нете
он / она́	вста́нет	они́	вста́нут

小試身手⑧：請將句子翻譯成俄文。

1. 當妹妹在寫家庭作業時，奶奶在睡覺。（現在時）

   _____

2. 當尤里搭地鐵去學校時，他的媽媽打了電話給他。（過去時）

   _____

3. 當我打開了門，我想起了忘記拿雨傘。（過去時）

   _____

4. 當我吃早餐時，我想著關於新課本的事。（現在時）

   _____

5. 當你們將在我這裡時，我們將聊聊去德國進修的事。（將來時）

   _____

短文

短文 🎧 MP3-35　請聽音檔，並跟著一起念。

Сего́дня Ян Мин пе́рвый раз в жи́зни посети́л Большо́й теа́тр. Он мно́го слы́шал о нём от друзе́й, поэ́тому он был рад, что он наконе́ц смог посети́ть э́тот теа́тр.

Когда́ Ян Мин подошёл к Большо́му теа́тру, он уви́дел, что у вхо́да уже́ была́ дли́нная о́чередь. Бале́т, кото́рый смотре́л Ян Мин, называ́ется «Лебеди́ное о́зеро». Он шёл на Истори́ческой сце́не, кото́рая явля́ется са́мой большо́й сце́ной Большо́го теа́тра. Прозвене́л пе́рвый звоно́к. Ян Мин спроси́л у капельди́нерши, где его́ ме́сто, и узна́л, что оно́ нахо́дится на тре́тьем этаже́. И ещё он успе́л купи́ть програ́ммку. Во вре́мя антра́кта Ян Мин осмотре́л ка́ждое фойе́ Большо́го теа́тра и зашёл в магази́н за сувени́рами на па́мять.

Как само́ зда́ние Большо́го теа́тра, так и выступле́ние замеча́тельных арти́стов, произвели́ на Ян Ми́на незабыва́емое впечатле́ние. Он ду́мает, что бу́дет приходи́ть сюда́ ещё мно́го раз.

今天楊明生平第一次參觀了大劇院。他從朋友那裡聽過很多關於它的事，所以他很高興終於能夠參觀這座劇院。

當楊明接近大劇院時，他看到入口處旁已經排了長長的隊伍。楊明觀賞的芭蕾舞劇稱為《天鵝湖》。它在歷史舞臺上演出，這是大劇院最大的舞臺。第一個鈴聲響起了。楊明詢問了劇院服務人員他的座位在哪裡，並且得知了它在三樓。他還來得及買了節目單。中場休息時，楊明參觀了大劇院的每個門廳，並順道去了商店買紀念品留念。

不論是大劇院建築本身，還是傑出演員的表演，都給楊明留下了難忘的印象。他想，還會來這裡很多次。

請再閱讀短文一次，並回答問題。

1. Что уви́дел Ян Мин, когда́ он подошёл к Большо́му теа́тру?

_____

2. Как называ́ется бале́т, кото́рый смотре́л Ян Мин?

_____

3. Что Ян Мин узна́л от капельди́нерши?

_____

4. Что сде́лал Ян Мин во вре́мя антра́кта?

_____

5. Что произвело́ на Ян Ми́на незабыва́емое впечатле́ние?

_____

俄電影

兩個人的車站
Вокза́л для двои́х

本片由埃利達爾・梁贊諾夫（Эльда́р Ряза́нов）執導，莫斯科電影製片廠出品，共兩集，1983年首映。

故事從遍布嚴寒冰雪的勞改營説起。晚點名後，長官告訴憨厚老實的鋼琴師普拉東・里亞比寧（Плато́н Ряби́нин）要放他出營區，因為老婆來找他，並順便取回送修的手風琴，但隔天早上八點早點名時務必歸隊。勉強同意的普拉東走在大雪紛飛的路途上，其思緒逐漸被拉回到改變命運的那座火車站。

普拉東為了替開車撞死人的妻子頂罪，在服刑前搭火車去探望父親。中途來到車站餐廳，但他覺得菜色不佳而未食用，服務生薇拉（Ве́ра）堅持要他付錢。就在眾人爭辯中火車早已開走，他不得不等下一班車到來。之後又因為自己的純樸好心，使得身分證件被薇拉的男友、列車員安德烈（Андре́й）拿走，導致他得在這多待一天。

氣憤無奈的普拉東無處可過夜，滿懷歉意的薇拉想幫他卻四處碰壁，最後只能待在候車大廳。此時普拉東有點挖苦嘲諷地説：「其實，如果仔細想想，整個我們的人生就是個候車室。」不論身處何處，人生就是不斷地等待，不論結果是否正如所願。薇拉錯過了最後一班車，因此與普拉東一起在候車大廳過夜。這晚，心情早已跌到谷底的普拉東感到更加絕望，因為他的錢包被扒走了！

隔日晚餐時，普拉東向薇拉講述自己的故事，向她傾訴孤單的心靈。他感覺，雖然身體被困在車站，但心靈是自由的，與薇拉的相處是自然真切的，不需撒謊偽裝。薇拉愈來愈同情普拉東的處境，對其感到憐憫不捨。

普拉東的身分證件終於隨著安德烈回到他身邊。而薇拉老實向男友坦誠自己的背叛。最後，普拉東與薇拉依依不捨地道別。普拉東的思緒隨著火車遠離，逐漸又回到勞改營附近的冰天雪地。原來千里迢迢來找他的竟然是薇拉。像極老夫老妻的兩人無任何言語，但眼中充滿感動的淚水，心中洋溢幸福的喜悦。

隔日清晨兩人突然驚醒，他們奮力快跑回勞改營。眼看已快錯過早點名時間，薇拉靈機一動，要普拉東拉手風琴。就在長官準備登記普拉東逃營時，他聽到了琴聲，得知普拉東回來了。故事就在陽光閃耀的白雪大地中，伴隨琴聲結束。

08 | Восьмо́й уро́к

Е́сли ты хо́чешь, мо́жешь встреча́ть Но́вый год вме́сте с на́ми

如果妳願意，可以跟我們一起迎接新年

 學習目標

1. 學會表達節日名稱與歡度新年相關詞彙
2. 學會運用主從複合句表達條件意義
3. 學會運用主從複合句表達讓步意義
4. 學會運用主從複合句表達目的意義

На Де́да Моро́за наде́йся,
а сам не плоша́й.
要指望嚴寒老人，
而自己也別疏忽大意。

🤝 會話 🎧 MP3-36 請聽音檔，並跟著一起念。

Эмма: Иван, я вижу, что в городе на больших площадях уже стоят новогодние ёлки и украшения.

伊凡，我看見在市區很多大廣場上，已經有新年樅樹和裝飾物。

Иван: Да, конец года уже на носу.

是的，年底已將近。

Эмма: У вас дома тоже поставили ёлку?

你們家也已經擺好樅樹了嗎？

Иван: Конечно! Вчера мы её украсили игрушками и положили под неё подарки. Мы хотим, чтобы дома как можно дольше царила праздничная атмосфера. Ёлку уберут только после старого Нового года.

當然！昨天我們用玩具把它裝飾好了，而且把禮物放在它底下了。我們想要家裡盡可能長久地充滿節日氣氛。舊曆新年後才把樅樹收起來。

Эмма: А как вы будете отмечать праздник?

你們將如何慶祝節日？

Иван: Вся наша семья собирается дома и пробует вкусные блюда, которые готовят бабушка и мама. А ты поедешь домой к родителям на Рождество?

我們全家人會聚在家裡並品嚐奶奶和媽媽準備的美味菜餚。妳將回家去父母那裡過聖誕節嗎？

Эмма: Нет. Хотя я живу в России три года, я никогда не встречала Новый год здесь. Поэтому в этом году решила остаться в Москве.

不。雖然我住在俄羅斯三年，但我從來沒在這裡迎接新年過。因此今年我決定留在莫斯科。

Иван: Если ты хочешь, можешь встречать Новый год вместе с нами. Наша квартира маленькая, зато уютная и тёплая.

如果妳願意，可以跟我們一起迎接新年。我們的住宅很小，然而舒適又溫暖。

Эмма: Благодарю тебя за приглашение. Я с удовольствием помогу твоим бабушке и маме накрыть стол.

感謝你的邀請。我將很樂意幫你的奶奶和媽媽擺桌。

Иван: Думаю, что они будут рады твоему приходу.

我想，她們將很高興妳的到來。

🔔 單詞&俄語這樣說

單詞 🎧 MP3-37

атмосфе́ра	陰	〈轉〉氣氛，環境
благодари́ть	未	致謝，感激
до́льше		（до́лго比較級）更長久，更久
коне́ц	陽	盡頭，終點，結束
на носу́		〈口〉快到，臨近
накры́ть стол		擺桌（準備開飯）
оста́ться (оста́нусь, оста́нешься)	完	留在（某處）
положи́ть (положу́, поло́жишь)	完	平放，放置，放入
поста́вить (поста́влю, поста́вишь)	完	豎立，豎著放
пра́здничный [зн]	形	節日的，〈轉〉快樂的，喜氣洋洋的
приглаше́ние	中	邀請
прихо́д	陽	到來，來到
про́бовать (про́бую, про́буешь)	未	嚐，品嚐
собира́ться	未	（一、二人稱不用）集合，聚集，聚會
убра́ть (уберу́, уберёшь)	完	拿走，拿開，收拾起來
укра́сить (укра́шу, укра́сишь)	完	裝飾，點綴，打扮
украше́ние	中	裝飾品，點綴物
цари́ть	未	（一、二人稱不用）〈轉〉充滿，籠罩

俄語這樣說

➤ **У вас до́ма то́же** поста́вили **ёлку?** 你們家也已經擺好樅樹了嗎？

- 動詞ста́вить 未、поста́вить 完表達將某物往某處豎立、直立放，或是將某物較小面積接觸站立面。「某物」用第四格，「往某處」用回答куда?的前置詞加名詞。

  Па́па поста́вил в шкаф кра́сное вино́, кото́рое его́ друзья́ подари́ли ему́ на день рожде́ния. 爸爸把他的朋友們送給他當生日禮物的紅酒放進了櫃子裡。

➤ **И** положи́ли под **неё пода́рки.** 而且把禮物放在它底下了。

- 動詞класть 未、положи́ть 完表達將某物往某處平放，或將某物較大面積接觸平放面。「某物」用第四格，「往某處」用回答куда?的前置詞加名詞。

  Оля жа́луется, что муж ча́сто забыва́ет, куда́ он кладёт свой моби́льник. 奧莉婭抱怨丈夫時常忘記他把自己的手機放去哪裡。

- 表達在某物下方時，可用前置詞под加第五格。但是表達往某物下方，或向某物下方時，則用под加第四格。

  Кто поста́вил мою́ табуре́тку под стол? 誰把我的小凳子放到桌子下方去了？

➤ **На́ша кварти́ра ма́ленькая, зато́ ую́тная и тёплая.** 我們的住宅很小，然而舒適又溫暖。

- зато́（但是，不過，卻）為對比連接詞，用來強調補償、對比意義。

  Эта сковорода́ дорога́я, зато́ лёгкая. 這支平底鍋很貴，然而很輕。

➤ **Благодарю́ тебя́ за приглаше́ние.** 感謝你的邀請。

- 表達因為某事而感謝某人時，動詞可用благодари́ть 未、поблагодари́ть 完。「被感謝者」用第四格，「因為某事」則用前置詞за加第四格。

  Мы серде́чно благодари́м Па́вла Ива́новича за угоще́ние. 我們衷心感謝帕維爾·伊凡諾維奇的款待。

➤ **Они́ бу́дут ра́ды твоему́ прихо́ду.** 她們將很高興妳的到來。

- 表達對某人或某物感到高興時，可用形容詞рад短尾形式，其於句中當謂語，詞尾需與主語的性和數一致。而「某人或物」則用第三格。

- рад前面可加上быть過去時或將來時表達時間。

  На́ша компа́ния ра́да ва́шему визи́ту. 我們公司對你們的拜訪感到高興。

◉ 表格速記：形容詞рад短尾形式

陽性	中性	陰性	複數
рад	ра́до	ра́да	ра́ды

實用詞彙

節日名稱 🎧 MP3-38

Но́вый год ☃	新年 1月1日
Рождество́ Христо́во ☃	聖誕節 1月7日
День росси́йского студе́нчества	俄羅斯大學生日 1月25日
День защи́тника Оте́чества ☃	祖國保衛者日 2月23日
Междунаро́дный же́нский день ☃	國際婦女日 3月8日
Ма́сленица	謝肉節
День сме́ха (День дурака́)	愚人日 4月1日
День космона́втики	太空人日 4月12日
Пра́здник Весны́ и Труда́ ☃	春天與勞動節 5月1日
Па́сха	復活節
День Побе́ды ☃	勝利日 5月9日
День го́рода Санкт-Петербу́рга	聖彼得堡城市日 5月27日
День ру́сского языка́	俄語日 6月6日
День Росси́и ☃	俄羅斯國慶日 6月12日
День зна́ний	知識日 9月1日
День го́рода Москвы́	莫斯科城市日 9月第一或第二個星期六
День учи́теля	教師日 10月5日
День отца́	父親日 10月第三個星期日
День наро́дного еди́нства ☃	民族團結日 11月4日
День ма́тери	母親日 11月最後一個星期日

☃ 俄羅斯國定假日（госуда́рственный пра́здник）

歡度新年 🎧 MP3-39

проводи́ть нового́дние кани́кулы	度過新年假期
провожа́ть ста́рый год	送別舊的一年
встреча́ть но́вый год	迎接新的一年
бе́гать по магази́нам	逛商店
выбира́ть нового́дние пода́рки	挑選新年禮物
дари́ть пода́рки друзья́м	送禮物給朋友們
получа́ть пода́рки от друзе́й	收到朋友們的禮物
посыла́ть поздрави́тельные откры́тки	寄賀卡
ходи́ть в го́сти, быть в гостя́х	去做客
приглаша́ть госте́й	邀請客人
весели́ться с друзья́ми	與朋友們玩得開心
навеща́ть ро́дственников	拜訪親戚
устра́ивать ёлку для дете́й	為兒童舉辦樅樹晚會
ждать Де́да Моро́за и Снегу́рочку	等待嚴寒老人與雪姑娘
загада́ть жела́ние	許願
поднима́ть бока́лы с шампа́нским	舉起香檳酒杯
чо́каться бока́лами	碰杯
говори́ть тост	講祝酒辭
запуска́ть пета́рды и фейерве́рки	放鞭炮與煙火
зажига́ть бенга́льские огни́	點仙女棒

語法解析：主從複合句（二）

① 表達條件意義

➤ Éсли зáвтра бýдет сóлнечная погóда, мы поéдем в лес за грибáми. 如果明天是晴天，我們將去森林採蘑菇。

➤ Éсли бы вчерá у меня́ бы́ло врéмя, я готóвила бы у́жин дóма. 假如昨天我有時間，我就在家準備晚餐了。

• 帶條件連接詞的從句主要說明主句行為發生的條件，最常用的連接詞為éсли（如果，假如，要是）。

• 從句可以放在主句前面或後面，此時需用逗號隔開。從句放在主句前面時，主句句首可加上то、так或тогдá（那麼，那就）。

➤ Ты мóжешь получи́ть мою́ посы́лку, éсли ты бýдешь дóма? 如果你將在家，你可以收我的包裹嗎？

➤ Éсли тебé нрáвятся морепродýкты, то тебé обязáтельно нáдо посети́ть э́тот ресторáн. 如果你喜歡海鮮，那你務必一定要去這家餐廳。

• 表達虛擬、假設、不存在的行為時，主句與從句中皆需加語氣詞бы，並用過去時。

➤ Éсли бы я был миллионéром, я отпрáвился бы в путешéствие вокрýг свéта. 要是我是百萬富翁，我就出發去環遊世界了。

➤ Я стáла бы балери́ной, éсли бы у меня́ был уникáльный талáнт. 假如我有獨特的天分，我就成為芭蕾舞者了。

小試身手 ❶：請填入連接詞**éсли**或**éсли бы**。

1. _____ вы продо́лжите ссо́риться, я не дам вам игру́шки.

2. _____ у Алексе́я был её но́мер телефо́на, тогда́ он позвони́л бы ей.

3. Пётр не заболе́л бы, _____ он забо́тился о своём здоро́вье.

4. _____ ты хорошо́ занима́ешься и мно́го трениру́ешься, ты бу́дешь хорошо́ говори́ть по-ру́сски.

5. Я пое́хала бы на рабо́ту на авто́бусе, _____ сего́дня я вста́ла ра́но.

❷ 表達讓步意義

> Хотя́ Мари́я внима́тельно слу́шает преподава́теля, она́ ника́к не мо́жет поня́ть его́. 即使瑪莉婭仔細聽老師講話，她怎麼也沒辦法理解他。

> Студе́нты продолжа́ли игра́ть в те́ннис, хотя́ шёл си́льный дождь. 雖然下大雨，但是學生們繼續打網球。

- 帶讓步連接詞的從句主要說明與主句相違背的內容，最常用的連接詞為хотя́（即使，雖然，儘管）。

- 從句可放在主句前面或後面，此時需用逗號隔開。從句放在主句前面時，主句句首可加上но（但是）。

> Хотя́ они́ родны́е бра́тья, но уже́ мно́го лет не обща́ются. 雖然他們是親兄弟，但已經很多年不來往了。

> Он пло́хо сдал экза́мен, хотя́ вчера́ занима́лся допоздна́. 儘管昨天讀書讀到很晚，但他考得很糟。

小試身手❷：請將從句與主句連接起來。

1. Хотя́ Евге́ний мно́го отдыха́л, _____.

2. Хотя́ он то́лько что прие́хал в Росси́ю, _____.

3. _____, хотя́ у меня́ бы́ло вре́мя.

4. Хотя́ на э́той неде́ле все отмеча́ют пра́здник, _____.

5. _____, хотя́ я не о́чень хочу́ есть.

(А) я не пошла́ на встре́чу с друзья́ми

(Б) у него́ уже́ мно́го ру́сских друзе́й

(В) Ива́н до́лжен рабо́тать над свое́й диссерта́цией

(Г) я с удово́льствием пойду́ с тобо́й в кафе́

(Д) он постоя́нно чу́вствовал уста́лость

小試身手❸：請填入表達條件或讓步意義的連接詞。

1. _____ ты занима́ешься спо́ртом ка́ждый день и пра́вильно пита́ешься, у тебя́ бу́дет хоро́шее здоро́вье.

2. _____ ма́ма смо́трит э́тот истори́ческий сериа́л уже́ тре́тий раз, она́ с удово́льствием посмо́трит его́ ещё раз.

3. Ви́ктор всегда́ звони́л па́пе, _____ возвраща́лся домо́й по́здно.

4. _____ Серге́й зара́нее у́знал об э́том, он поступи́л бы не так.

5. Эту футбо́лку ещё мо́жно носи́ть, _____ она́ уже́ ста́рая.

❸ 表達目的意義

➤ Друзья́ пришли́ к Ни́не, что́бы поздра́вить её с днём рожде́ния. 朋友們來找妮娜，為的是祝她生日快樂。

➤ Друзья́ пришли́ к Ни́не, что́бы она́ рассказа́ла им о свое́й пое́здке во Владивосто́к. 朋友們來找妮娜，為的是她跟他們講述自己去海參崴的事。

- 帶目的連接詞的從句說明主句行為的目的，最常用的連接詞為что́бы（為了要，為的是）。

- 主句與從句中的動作主體是同一人時，從句中不需指出該人，動詞用不定式。

➤ Я зашла́ в магази́н, что́бы купи́ть ры́бу и мя́со. 我順道去商店，為的是要買魚和肉。

　　※ 順道去商店的是я，買魚和肉的也是я，所以從句中不需寫出я，動詞купи́ть用不定式。

- 主句與從句中的動作主體不是同一人時，從句中的動詞用過去時。

➤ Ната́ша закры́ла дверь, что́бы все слу́шали её внима́тельно. 娜塔莎關上了門，為的是大家注意聽她說話。

　　※ 關上了門的是Ната́ша，注意聽她的是все，兩句的動作主體不是同一人，所以從句的動詞слу́шали用過去時。

- потому́ что（因為）是原因連接詞，用почему́（為什麼）提問。而что́бы是目的連接詞，用заче́м（為了什麼目的）提問。

- Заче́м На́стя пошла́ в городску́ю библиоте́ку? 娜斯佳為了什麼目的去市立圖書館？

- Она́ пошла́ туда́, что́бы собра́ть материа́лы об исто́рии го́рода. 她去那裡是為了要收集關於城市史的資料。

- Заче́м Па́вел вы́брал бухгалте́рию как специа́льность? 帕維爾選了會計學當專業的目的是什麼？

- Он сде́лал так, что́бы в бу́дущем рабо́тать бухга́лтером. 他這樣做是為了未來從事會計工作。

小試身手④：請填入動詞正確形式。

1. Студе́нты зара́нее пришли́ в аудито́рию, что́бы _____(заня́ть) пере́дние места́.

2. По́сле уро́ка Ли́да подошла́ к преподава́телю, что́бы _____(сдать) ему́ дома́шнее зада́ние.

3. И́горь позвони́л Со́не, что́бы она́ _____(разбуди́ть) его́ за́втра в 7 утра́.

4. Па́па купи́л мне фотоаппара́т, что́бы я _____ (фотографи́ровать) краси́вую приро́ду, когда́ я бу́ду в Петербу́рге.

5. Серге́й серьёзно занима́ется, что́бы _____(сдать) вступи́тельный экза́мен в университе́т.

小叮嚀

動詞сдава́ть 未、сдать 完 有多種意思，其中可表達：

- 參加考試（сдава́ть экза́мен，強調過程），或通過考試（сдать экза́мен，強調結果）。

  ➤ За́втра мне на́до бу́дет сдава́ть экза́мен по ру́сскому языку́. Я наде́юсь, что я его́ сдам. 明天我將參考俄語考試。我希望我能通過它。

- 移交、送交、繳納、交付、交存某物，主要指把某物送交給官方、公家、公開單位機構，而非個人、親友之間的私下送交。

  ➤ Нам ну́жно сдать э́тот чемода́н в ка́меру хране́ния. 我們必須將這個行李箱寄放到寄物處。

短文

短文  MP3-40   請聽音檔，並跟著一起念。

После новогодних каникул Иван уже с нетерпением ждёт следующий свой любимый праздник — Масленицу. Это русский народный праздник, который обычно отмечают целую неделю в конце февраля или в начале марта.

Хотя на этой неделе все должны работать или учиться, но все находят время, чтобы весело провожать зиму и встречать весну. Как в семье Ивана, так и в других русских семьях, принято печь и есть много вкусных блинов, ведь это главное блюдо Масленицы, которое символизирует солнце. Если вы хотите почувствовать праздничную атмосферу Масленицы, вам обязательно надо посмотреть фильм режиссёра Никиты Михалкова «Сибирский цирюльник» и картины художника Бориса Кустодиева. В них народные гулянья, кулачный бой, сжигание чучела Масленицы, народный театр-балаган и т. д.

В последний день масленичной недели, Прощёное воскресенье, все просят друг у друга прощения, чтобы с чистым сердцем провести Великий пост. В общем, Масленица — это интересный праздник, который нельзя пропустить!

新年假期過後，伊凡已經急切地等待下一個自己喜愛的節日──謝肉節。這是俄羅斯民間節日，通常在二月底或三月初慶祝整整一週。

雖然這週大家必須工作或上課，但大家都會找時間高興地歡送冬天與迎接春天。不論是在伊凡家，還是在其他俄羅斯家庭，都習慣煎與吃很多美味的布林餅，那是因為這是謝肉節的主要菜餚，它象徵太陽。如果您想感受謝肉節節慶氣氛，您務必要看看尼基塔·米亥科夫導演的電影《西伯利亞理髮師》與畫家鮑里斯·庫斯托季耶夫的畫作。在其中有民間慶祝園遊會、拳鬥賽、焚燒謝肉節稻草人、民間野臺戲等。

謝肉節週的最後一天，也就是寬恕星期日，每個人都會互相請求寬恕原諒，以便以純潔的心度過大齋期。總而言之，謝肉節是不能錯過的有趣節日！

請再閱讀短文一次，並回答問題。

1. Какóй прáздник Ивáн ждёт пóсле Нóвого гóда?

   _____

2. Как дóлго отмечáют э́тот прáздник?

   _____

3. Какóе блю́до обязáтельно нáдо готóвить на э́тот прáздник?

   _____

4. Какие мероприя́тия устрáивают на э́той прáздничной недéле?

   _____

5. Зачéм лю́ди прóсят друг у друга прощéния в послéдний день э́той прáздничной недéли?

   _____

俄電影

新年樅樹
Ёлки

　　本片由提默·貝克曼貝托夫（Тиму́р Бекмамбе́тов）等多位導演執導，2010年上映，之後幾乎每年推出續集。

　　本片由發生在新年前夕的八個獨立又互有關聯的故事組成。故事場景在俄國境內十一座城市拍攝。一切從領土最西邊的加里寧格勒說起。瓦莉婭（Ва́ря）住在城裡育幼院，她向大家謊稱自己的父親是總統，其中一位女孩要她保證總統在今晚新年賀辭中會說出關鍵句「要指望嚴寒老人，而自己也別疏忽大意」，否則大家將不與她往來。瓦莉婭拍胸脯保證，同時她知道這不可能發生，所以她收拾行李準備離開育幼院。心疼她的沃瓦（Во́ва）向她解釋「六度分隔理論」，認為不斷透過認識的人，一個傳一個，即能將請求傳到總統耳邊。

　　瓦莉婭還在半信半疑，沃瓦就已開始行動。他打電話給昔日同窗好友、現在住在喀山的大學生米沙（Ми́ша）。米沙接到請託後，打給曾與總統滑雪、現在住在彼爾姆的科良（Коля́н）。可惜科良把總統的電話號碼弄丟了，所以他打給曾經一起滑過雪的歌星薇拉·勃列日涅娃（Ве́ра Бре́жнева）。

　　正在克拉斯諾亞爾斯克的勃列日涅娃坐在計程車上。她接到科良來電後，請求司機帕沙（Па́ша）回頭去找她的經紀人。帕沙不願錯失與心儀歌手獨處機會，於是自己打給在葉卡捷琳堡擔任警察的叔叔西尼岑（Сини́цын），但接電話的卻是偷了警察制服、重獲自由的小偷廖哈（Лёха）。

　　廖哈打給自己的兄弟、正從西伯利亞趕回聖彼得堡的鮑里斯（Бори́с）。鮑里斯打給在烏法的同事尤莉婭（Юлия），而她則打給總統府辦公室職員伊格爾（Игорь）。不巧的是，伊格爾把手機忘在速食店，所以接起電話的是育幼院守衛尤蘇夫（Юсуф），他剛好也在速食店用餐。尤蘇夫則打給在莫斯科清掃街道的朋友伊布拉吉姆（Ибраги́м）。

　　終於等到加里寧格勒的居民收聽總統新年賀辭，育幼院孩童們也聚集在電視機前。當眾人準備嘲笑瓦莉婭時，沒想到總統真的說了關鍵句！所以，凡事除了指望嚴寒老人給予奇蹟或期待老天爺的幫忙，自己也得爭氣努力。然而此奇蹟究竟是如何實現的？也許是總統看到伊布拉吉姆在克里姆林宮城牆外的雪地上，用積雪掃出了這句話吧。

09 | Девя́тый уро́к

Э́тим ле́том я полечу́ на юг на самолёте

今年夏天我將搭飛機飛去南方

1. 學會表達長途旅行與俄式禮品相關詞彙
2. 學會表達在陸地、海面、天空的移動
3. 學會表達拿、牽、載某人或某物
4. 學會表達拿、牽、載某人或某物出發去、來到、離開去某處

У нас тради́ция. Ка́ждый год 31 декабря́
мы с друзья́ми хо́дим в ба́ню.
我們的傳統是每年十二月三十一日
我和朋友們去澡堂。

🤝 會話 🎧 MP3-41   請聽音檔，並跟著一起念。

Лу́кас: Эмма, ты принесла́ путеводи́тель по Чёрному мо́рю?

艾瑪，妳把黑海旅遊手冊帶來了嗎？

Эмма: Вот он! В после́днее вре́мя я его́ ношу́ с собо́й ка́ждый день. Как ты пое́дешь туда́? На по́езде?

瞧，這裡！最近我每天隨身帶著它。你將怎麼去那裡？搭火車嗎？

Лу́кас: Нет. Мне тру́дно пережи́ть по́езд. Этим ле́том я полечу́ на юг на самолёте.

不。我難以忍受火車。今年夏天我將搭飛機飛去南方。

Эмма: Лета́ть на самолёте — э́то удо́бно и бы́стро. Как ты бу́дешь проводи́ть вре́мя на мо́ре?

搭飛機是既方便又快速。你將怎麼度過海邊時光呢？

Лу́кас: Хочу́ пла́вать, загора́ть на пля́же, ходи́ть в ме́стные кафе́ и наслажда́ться ю́жной приро́дой. Эмма, каки́е сувени́ры привезти́ тебе́ с ю́га?

我想游泳，在海灘上曬太陽，去當地的咖啡館與享受南方的大自然。艾瑪，從南方帶哪些紀念品來給妳呢？

Эмма: Лу́кас, како́й ты внима́тельный! Я наде́юсь, что ты полу́чишь мно́го замеча́тельных впечатле́ний.

盧卡斯，你真細心！我希望你將獲得很多美好的印象。

Лу́кас: Спаси́бо тебе́! Эмма, зна́ешь ли ты како́й-нибудь хоро́ший магази́н электро́ники? Мне на́до купи́ть па́лочку для се́лфи и заря́дку для моби́льника.

謝謝妳！艾瑪，妳知道任何不錯的電器商店嗎？我需要買自拍棒和手機充電器。

Эмма: За́втра могу́ повести́ тебя́ в магази́н «М.Ви́део». Там есть всё.

明天我可以帶你去M.Video商店。那裡有全部的東西。

Лу́кас: Хорошо́. И в э́тот раз мне на́до везти́ свои́ сре́дства ли́чной гигие́ны.

好。這次我必須帶自己的個人衛生用品。

Эмма: Ты прав! Для защи́ты окружа́ющей среды́ лу́чше везти́ своё мы́ло, зубну́ю щётку и па́сту, шампу́нь.

你是對的！為了保護環境，最好帶自己的肥皂、牙刷和牙膏、洗髮精。

🔔 單詞&俄語這樣說

單詞 🎧 MP3-42

внима́тельный	形	細心的，關注的，留心的
впечатле́ние	中	印象
гигие́на	陰	衛生，衛生措施
замеча́тельный	形	卓越的，出色的，非常的
защи́та	陰	保護，保衛，捍衛
ли́чный	形	個人的，私人的
ме́стный [сн]	形	當地的，本地的
наслажда́ться	未	（+第五格）（充分）享受，欣賞，得到（莫大的）歡樂
окружа́ющий	形	周圍的，附近的
па́лочка	陰	小棍（棒、杆）
пережи́ть (переживу́, переживёшь)	完	挺住，經受住，熬過
проводи́ть (провожу́, прово́дишь)	未	度過，住或待（若干時間）
путеводи́тель	陽	（旅行）指南，手冊
среда́	陰	環境
сре́дство	中	藥劑，醫療用品
шампу́нь	陽	洗髮精
электро́ника	陰	電子學，電子產品
ю́жный	形	南方的

俄語這樣說

➤ **Этим ле́том я полечу́ на юг на самолёте.** 今年夏天我將搭飛機飛去南方。

- 表達在哪個季節時，需直接將名詞變成第五格，不需加任何前置詞。當名詞前有代詞或形容詞時，也是直接變成第五格。

  Никола́й пошёл служи́ть в а́рмию про́шлой весно́й. 尼古拉去年春天時入伍了。

➤ **Спаси́бо тебе́.** 謝謝妳！

- 在第八課第163頁介紹過的表達感謝，是用動詞благодари́ть，「被感謝者」用第四格。而спаси́бо後面也可加上被感謝者，但是需變成第三格。

  Большо́е спаси́бо Ири́не Ива́новне за по́мощь. 非常感謝伊琳娜‧伊凡諾芙娜的幫忙。

➤ **Зна́ешь ли ты како́й-нибудь хоро́ший магази́н электро́ники?** 妳知道任何不錯的電器商店嗎？

- ли為疑問語氣詞，表達是否……、是……（嗎）。使用時，通常將要提問的詞放在句首，後面緊接ли。

  Прочита́л ли ты текст, по кото́рому преподава́тель бу́дет задава́ть вопро́сы на сле́дующем заня́тии? 你是否讀完了下堂課老師將從中提問的課文？

➤ **Ты прав!** 你是對的！

- 形容詞**пра́вый**短尾形式在句中當謂語，表達正確的、對的、有理的。
- 可加上**быть**過去時或將來時表達時間。

  Е́сли они́ бу́дут писа́ть так, они́ бу́дут абсолю́тно не пра́вы. 如果他們將這樣寫，他們將完全不正確。

◉ **表格速記：形容詞пра́вый短尾形式**

陽性	中性	陰性	複數
прав	пра́во	права́	пра́вы

📓 實用詞彙

長途旅行 🎧 MP3-43

туристи́ческая ви́за	觀光簽證
ручна́я кладь	手提行李
вне́шний аккумуля́тор	行動電源
универса́льный переходни́к	萬用轉接插頭
беру́ши и ма́ска для сна	耳塞與眼罩
доро́жная поду́шка для ше́и	旅行頸枕
сре́дства от ука́чивания	暈車藥
солнцезащи́тное сре́дство	防曬乳
пое́хать за грани́цу	出國
верну́ться из-за грани́цы	回國
путеше́ствовать с друзья́ми	與朋友旅行
заброни́ровать но́мер	預訂房間
купи́ть туристи́ческую страхо́вку	買旅遊保險
поменя́ть де́ньги	換錢
прове́рить всё пе́ред отъе́здом	出發前檢查一切
зарегистри́роваться на рейс	辦理登機手續
сдать чемода́н в бага́ж	托運行李箱
пройти́ па́спортный контро́ль	通過護照檢查
заплати́ть нали́чными	現金支付
заплати́ть креди́ткой	信用卡支付

俄式禮品 🎧 MP3-44

матрёшка	俄羅斯娃娃
я́йца Фаберже́	法貝熱彩蛋
изде́лие из бересты́	樺樹皮製品
хохлома́	霍赫洛瑪裝飾花紋器皿
гжель	格熱利藍白花瓷
сувени́р из кру́жева	蕾絲紀念品
шкату́лка	首飾盒
самова́р	茶炊
подстака́нник	茶杯托架
плато́к	頭巾
янта́рь	琥珀
ва́ленки	氈靴
уша́нка	護耳毛帽
коко́шник	（婦女的）盾形頭飾
сарафа́н	薩拉凡（婦女無袖長衫）
икра́	魚子醬
шокола́д «Алёнка»	阿廖卡巧克力
я́блочная пастила́	蘋果軟糕
квас	克瓦斯冷飲
во́дка	伏特加

語法解析：運動動詞

❶ 表達在陸地、海面、天空的移動

> ➤ Соба́ки бегу́т к хозя́ину. Утки плыву́т на бе́рег. Пти́цы летя́т на юг. 狗群跑向主人。鴨群游向岸邊。鳥兒們飛去南方。

> ➤ Соба́ки бе́гают по па́рку. Утки пла́вают по реке́. Пти́цы лета́ют по не́бу. 狗群在公園裡到處跑。鴨群在河裡游來游去。鳥兒們在天空飛來飛去。

- 按照移動地點，運動動詞分成在陸地上、海面或海裡、天空中移動等三類。按照移動方向，運動動詞可分為定向與不定向。

◉ 陸地上的移動

定向 →	不定向 ⇄	說明
идти́ • иду́, идёшь, иду́т • шёл, шла, шло, шли	**ходи́ть** • хожу́, хо́дишь, хо́дят • ходи́л, -а, -о, -и	走，步行，去，往
е́хать • е́ду, е́дешь, е́дут • е́хал, -а, -о, -и	**е́здить** • е́зжу, е́здишь, е́здят • е́здил, -а, -о, -и	（利用交通工具） 去，往，到
бежа́ть • бегу́, бежи́шь, бегу́т • бежа́л, -а, -о, -и	**бе́гать** • бе́гаю, бе́гаешь, бе́гают • бе́гал, -а, -о, -и	跑

◉ 海面或海裡的移動

定向 →	不定向 ⇄	説明
плыть • плыву́, плывёшь, плыву́т • плыл, -а́, -о, -и	**пла́вать** • пла́ваю, пла́ваешь, пла́вают • пла́вал, -а, -о, -и	漂浮，游泳， 航行，乘船去

◉ 天空中的移動

定向 →	不定向 ⇄	説明
лете́ть • лечу́, лети́шь, летя́т • лете́л, -а, -о, -и	**лета́ть** • лета́ю, лета́ешь, лета́ют • лета́л, -а, -о, -и	飛，飛行，飛揚

- 定向運動動詞現在時表達說話時的動作，指某人正往某具體目標前進。現在時也可以表達說話後一定會做的動作。

  ➤ Никола́й бы́стро бежи́т на тре́тий эта́ж к Андре́ю. 尼古拉快跑去三樓找安德烈。

  ➤ За́втра студе́нты летя́т в Росси́ю на стажиро́вку. 明天學生們將飛去俄羅斯進修。

- 定向運動動詞過去時可與副詞連用，表達動作進行方式；或是與時間詞組連用，表達動作進行多久；也可與動詞連用，表達與移動同時進行的動作。

  ➤ Мы плы́ли на ло́дке на друго́й бе́рег реки́ 15 мину́т. 我們搭小船游到河的對岸游了15分鐘。

  ➤ Алексе́й и Ли́да ме́дленно шли в кни́жный магази́н и разгова́ривали. 阿烈克塞與莉達一邊慢走去書店，一邊聊天。

小試身手❶：請按照圖示，填入定向運動動詞現在時或過去時正確形式。

1. Де́ти _____ на де́тскую площа́дку.

2. Когда́ он _____ в Москву́, он смотре́л три ру́сских фи́льма в самолёте.

3. Роди́тели _____ в Япо́нию на теплохо́де.

4. Сейча́с Ива́н _____ в кинотеа́тр.

5. За́втра ба́бушка и де́душка _____ на мо́ре.

- 不定向運動動詞表達來回、重複、沒有固定方向的移動。

➢ **Игорь ка́ждый день пла́вает в бассе́йне, что́бы укрепи́ть своё здоро́вье.**
伊格爾每天在游泳池游泳，以增強自己的健康。

➢ **Ра́ньше Оле́г лета́л в Герма́нию два ра́за в год.** 之前奧列格每年飛去德國兩次。

- 不定向運動動詞過去時可表達說話之前曾經去過某處又回來、「去－回」一次的移動。

➢ **В про́шлом году́ Ива́н с семьёй е́здил в Екатеринбу́рг.** 去年伊凡和家人去過葉卡捷琳堡。

➢ **Утром брат бе́гал на по́чту за заказны́м письмо́м.** 早上哥哥去郵局拿掛號信。

小試身手②：請按照圖示，填入不定向運動動詞現在時或過去時正確形式。

1. Про́шлой о́сенью её муж _____ в Индию два ра́за.

2. Ви́ктор всегда́ _____ на берегу́ реки́.

3. Ры́бы _____ в аква́риуме.

4. Вчера́ ве́чером я _____ в магази́н за я́йцами и молоко́м.

5. Ка́ждое воскресе́нье сосе́ди _____ за́ город на маши́не.

- 運動動詞前綴по-表達出發、前往、開始移動，與定向運動動詞идти́、е́хать、бежа́ть、плыть、лете́ть結合，形成пойти́、пое́хать、побежа́ть、поплы́ть、полете́ть。此時過去時表達已經出發、動作已開始。將來時則表達預計、打算去某處。

➤ Ко́стя бро́сил тру́бку и побежа́л вниз. 柯斯嘉掛斷電話並跑下樓去了。

➤ Зимо́й мы с друзья́ми полети́м в Ю́жную Аме́рику. 冬天我和朋友們將飛去南美洲。

小試身手❸：請填入動詞побежа́ть、поплы́ть、полете́ть過去時或將來時正確形式。

1. Ты _____ в Ирку́тск «Аэрофло́том»?

2. Они́ пры́гнули в бассе́йн и _____.

3. Брат _____ в Росси́ю сего́дня ра́но у́тром.

4. Если ещё бу́дет землетрясе́ние, мы _____ на у́лицу.

5. Если с тобо́й что́-то случи́тся, я _____ к тебе́ на по́мощь.

小試身手 ④：請填入本單元所學運動動詞正確形式。

1. Васи́лий лю́бит _____ в па́рке. Но вчера́ ве́чером он _____ на стадио́не.

2. На́ша семья́ ча́сто _____ на теплохо́де. В после́дний раз, когда́ мы _____ с Тайва́ня в Коре́ю, я чу́вствовал себя́ о́чень пло́хо.

3. Вчера́ оте́ц _____ в Москву́ в командиро́вку. В про́шлом году́ он _____ туда́ три ра́за.

4. Мы уже́ давно́ не _____ в Тверь к ро́дственникам. Мы _____ к ним че́рез неде́лю.

5. — Куда́ ты _____? В бассе́йн?

　　— Да, я всегда́ _____ в бассе́йн в э́то вре́мя.

② 表達拿、牽、載某人或某物

> Máма несёт пакéт и ведёт ребёнка домóй. 媽媽拿著袋子並牽著小孩回家。

> Ира везёт кни́ги в библиотéку на велосипéде. 伊拉騎腳踏車載書去圖書館。

- 表達拿（нести́ — носи́ть）、牽（вести́ — води́ть）、載（везти́ — вози́ть）的運動動詞為及物動詞，後面可加第四格當直接受詞。按照移動方向，可分為定向與不定向。

◎ 用步行的方式拿、帶、背、抱某人或物

定向 →	不定向 ⇄
нести́ - несу́, несёшь, несу́т - нёс, -лá, -лó, -ли́	**носи́ть** - ножу́, нóсишь, нóсят - носи́л, -а, -о, -и

> Ивáн несёт кóшку на рукáх к своéй млáдшей сестрé. 伊凡把貓咪抱在手上去找自己的妹妹。

> Дéвушка чáсто нóсит эту сýмку в магази́н. 女孩時常帶這個包包去商店。

◉ 用步行的方式引導、帶領、牽著會動的人或物一起移動

定向 →	不定向 ⇄
вести́ • веду́, ведёшь, веду́т • вёл, -а́, -о́, -и́	**води́ть** • вожу́, во́дишь, во́дят • води́л, -а, -о, -и

➤ Де́душка ведёт соба́ку в парк. 爺爺牽著小狗去公園。

➤ Ка́ждый день ма́ма во́дит Аню в де́тский сад.
每天媽媽帶阿妮婭去幼兒園。

◉ **用交通工具載運某人或物**

定向 →	不定向 ⇄
везти́ • везу́, везёшь, везу́т • вёз, -ла́, -ло́, -ли́	**вози́ть** • вожу́, во́зишь, во́зят • вози́л, -а, -о, -и

➢ Ви́ка везёт соба́ку в коля́ске. 薇卡用推車載著小狗。

➢ Ка́ждое у́тро води́тель во́зит шко́льников в шко́лу. 每天早上司機載小學生們去學校。

小試身手❺：請按照圖示，填入動詞 **нести́、вести́、везти́** 現在時或過去時正確形式。

1. Серге́й идёт и _____ ко́фе.

2. Пётр _____ цветы́ на велосипе́де.

3. Анна лете́ла в Москву́ и _____ мно́го книг.

4. Вну́чка _____ ба́бушку в сад погуля́ть.

5. Когда́ она́ _____ проду́кты домо́й, она́ встре́тила своего́ шко́льного учи́теля.

小試身手 ⑥：請按照圖示，填入動詞 носи́ть、води́ть、вози́ть現在時或過去時正確形式。

1. Ма́ша всегда́ _____ в су́мке ключи́ от до́ма.

2. Вчера́ гид _____ иностра́нных тури́стов в э́тот рестора́н.

3. Са́ша ча́сто _____ свои́х друзе́й в музе́й, в кото́ром рабо́тает его́ сестра́.

4. Ра́ньше Никола́й ча́сто _____ нас на маши́не в э́то ме́сто любова́ться красото́й го́рода.

5. Ка́ждый день води́тель _____ молоко́ в магази́ны.

小試身手 7：請填入本單元所學運動動詞正確形式。

1. Официа́нт _____ клие́нтам меню́.

2. Ра́ньше по суббо́там ма́ма _____ сы́на в библиоте́ку на мероприя́тия.

3. Когда́ она́ _____ до́чку на велосипе́де в парикма́херскую, шёл си́льный дождь.

4. Ни́на всегда́ _____ э́тот рюкза́к в шко́лу.

5. Сейча́с они́ _____ на грузовике́ свою́ ме́бель в но́вую кварти́ру.

❸ 表達拿、牽、載某人或某物出發去、來到、離開去某處

➤ Сосе́д то́лько что принёс мне мои́ пи́сьма. 鄰居剛剛把我的信件拿來給我了。

➤ За́втра у́тром оте́ц увезёт сынове́й к ба́бушке. 明天早上父親將載兒子們離開去奶奶那裡。

• 運動動詞前綴по-表達出發、前往、開始移動，與定向運動動詞нести́、вести́、везти́ 結合，形成完成體動詞понести́、повести́、повезти́，此時後面加第四格，表達被 帶、牽、載的某人或物。

➤ Де́душка повёл ребёнка в парк. 爺爺帶小孩去公園了。

➤ За́втра я повезу́ э́тот чемода́н свое́й сестре́. 明天我把這個行李箱載去給自己的 姊姊。

小試身手❽：請填入動詞понести́、повести́、повезти́過去時或將來時正 確形式。

1. Но́вые студе́нты не зна́ли, где аудито́рия, поэ́тому Алекса́ндр _____ их туда́.

2. Днём меня́ не бу́дет в о́фисе, потому́ что я _____ э́ти докуме́нты бухга́лтеру.

3. В сле́дующем ме́сяце роди́тели _____ дете́й в планета́рий.

4. Де́вушка _____ на велосипе́де домо́й фру́кты, кото́рые она́ купи́ла в суперма́ркете.

5. Мой рюкза́к был по́лным, я не смог положи́ть туда́ те́рмос и не _____ его́ в университе́т.

- 運動動詞前綴при-表達來到，與定向運動動詞нести́、вести́、везти́結合，形成完成體動詞принести́、привести́、привезти́。

> Ура́! Колле́ги принесли́ нам холо́дные напи́тки. 太好了！同事們把冷飲拿來給我們了。

> За́втра На́дя приведёт свои́х дете́й в на́шу шко́лу. 明天娜佳將帶自己的孩子來我們學校。

小試身手❾：請填入動詞принести́、привести́、привезти́過去時或將來時正確形式。

1. Анна пришла́ домо́й и _____ фру́кты и я́годы.

2. Преподава́тель попроси́л Оле́га, что́бы за́втра он _____ свой уч́бник на заня́тие.

3. Утром грузови́к _____ чужо́й това́р в на́шу компа́нию.

4. На сле́дующей неде́ле Гали́на _____ своего́ молодо́го челове́ка на на́шу встре́чу.

5. Я наде́юсь, что роди́тели _____ мне из Швейца́рии мно́го сувени́ров.

- 運動動詞前綴y-表達離開，與定向運動動詞нести、вести、везти結合，形成完成體動詞унести、увести、увезти。

➤ Ма́ма увела́ больно́го ребёнка в поликли́нику. 媽媽帶著生病的孩子離開去診所了。

➤ Ве́чером я увезу́ на ску́тере сло́манный пылесо́с на сва́лку. 晚上我將騎機車把壞掉的吸塵器載去垃圾場。

小試身手⑩：請填入動詞унести、увести、увезти過去時或將來時正確形式。

1. Ба́бушка уйдёт к сосе́дке и ＿＿＿＿＿＿＿＿＿ сала́т, кото́рый она́ сама́ гото́вила.

2. В суббо́ту мы уе́дем отсю́да и ＿＿＿＿＿＿＿＿＿ все свои́ ве́щи.

3. Я не ви́жу свой зо́нтик. Наве́рное, кто́-то ＿＿＿＿＿＿＿＿＿ его́.

4. Ма́льчик уже́ ＿＿＿＿＿＿＿＿＿ свою́ большу́ю соба́ку в парк.

5. Ко́стя ＿＿＿＿＿＿＿＿＿ америка́нских друзе́й на вечери́нку.

小試身手⑪：請填入本單元所學運動動詞正確形式。

1. За́втра я приду́ и _____ тебе́ свою́ но́вую кни́гу.

2. Иностра́нные тури́сты уе́хали домо́й и _____ мно́го сувени́ров.

3. — Ива́н Петро́вич, куда́ вы _____ нас за́втра?

   — За́втра у нас бу́дет пешехо́дная экску́рсия по го́роду.

4. Ду́маю, что води́тель ско́ро _____ э́ти нену́жные коро́бки отсю́да.

5. Официа́нты забы́ли _____ нам десе́рт, кото́рый заказа́ла ма́ма.

短文

短文 🎧 MP3-45 請聽音檔，並跟著一起念。

В ма́йские пра́здники Ива́н, Лу́кас, Анна и Эмма е́здили из Москвы́ в Калинингра́д. Так как он нахо́дится отде́льно от основно́й террито́рии Росси́и, а ря́дом с Литво́й и По́льшей, друзья́ лета́ли туда́ и обра́тно на самолёте.

Анна быва́ла в Калинингра́де не́сколько раз, и она́ хорошо́ зна́ет э́тот го́род, поэ́тому она́ была́ ги́дом для друзе́й. В пе́рвый день Анна води́ла друзе́й на о́стров Ка́нта, на кото́ром стои́т Кафедра́льный собо́р. Во второ́й день друзья́ е́здили на Ку́ршскую косу́. В после́дний день по предложе́нию Лу́каса друзья́ ходи́ли в Музе́й янтаря́. Они́, коне́чно, привезли́ мно́го изде́лий из янтаря́ домо́й.

Что́бы сэконо́мить де́ньги, в э́ти дни друзья́ остана́вливались в хо́стеле. Ве́чером хозя́ин хо́стела вози́л друзе́й на свое́й маши́не по го́роду. Все бы́ли дово́льны э́той пое́здкой.

五月假期時，伊凡、盧卡斯、安娜與艾瑪從莫斯科前往加里寧格勒。由於它與俄羅斯主要領土分開，而與立陶宛和波蘭毗鄰，朋友們搭乘飛機往返。

安娜曾去過加里寧格勒幾次，她很瞭解這座城市，所以她當了朋友們的領隊。第一天，安娜帶朋友們去了康德島，島上矗立著大教堂。第二天，朋友們去了庫爾斯沙嘴。最後一天，在盧卡斯的建議下，朋友們去了琥珀博物館。他們當然帶了很多琥珀製品回家。

為了省錢，這幾天朋友們下榻在青年旅館。晚上旅館主人開著自己的車載了朋友們逛城市。大家都對這次旅行感到滿意。

請再閱讀短文一次，並回答問題。

1. Куда́ лета́ли друзья́ в ма́йские пра́здники?

_____

2. Кто води́л друзе́й на о́стров Ка́нта?

_____

3. Что де́лали друзья́ во второ́й день?

_____

4. Что друзья́ привезли́ из Калинингра́да домо́й?

_____

5. Кто вози́л друзе́й на свое́й маши́не по го́роду?

_____

俄電影

命運的捉弄，或祝浴後輕鬆愉快！
Иро́ния судьбы́, и́ли С лёгким па́ром!

本片由埃利達爾・梁贊諾夫（Эльда́р Ряза́нов）執導，莫斯科電影製片廠出品，共兩集，1976年首映。

男主角任尼亞（Же́ня）與母親剛搬到莫斯科西南方一棟新住宅。他正與未婚妻加莉婭（Га́ля）裝飾新年樅樹，兩人準備今晚一起在此迎接新年。害羞靦腆的任尼亞將向加莉婭求婚，但她認為自己的未婚夫沒膽量這麼做。

此時好友帕維爾（Па́вел）來找任尼亞一起去澡堂。這裡還有薩沙（Са́ша）與米沙（Ми́ша）。大家舉杯慶祝任尼亞終於脫離單身漢生活。之後他們來到機場，準備送帕維爾搭機去列寧格勒找妻子，但是酩酊大醉的朋友們卻誤把任尼亞送上飛機。

半醉半醒的任尼亞完全不知道自己來到了另一座城市，他就像平常一樣攔了計程車，告訴司機住家地址。不料在列寧格勒也有與莫斯科相同住址、樓房，甚至連門鎖、鑰匙都一樣的住宅。任尼亞順利開門後，走向床邊倒頭就睡。此時女主角，也是這間住宅的女主人娜佳（На́дя）回來了。她突然被躺在床上的陌生男子嚇到。被娜佳叫醒的任尼亞非常堅持這是他家。兩人一陣爭吵後，娜佳向任尼亞要來護照，這時任尼亞才驚覺自己代替帕維爾飛來列寧格勒了。

此時娜佳的未婚夫伊波利特（Ипполи́т）準備來與她一起迎接新年。但當他看見未婚妻的家中躺著一位陌生男子時，醋意大發！任尼亞不斷向他解釋整個事件來龍去脈，並一直重複著：「我們的傳統是每年十二月三十一日我和朋友們去澡堂。」現今這句話常用於規畫新年計畫時，或是做出無法令人信服的解釋時。當然伊波利特完全無法接受任尼亞的解釋，他火氣愈來愈大，負氣而去卻又回來請求娜佳原諒。而娜佳逐漸理解任尼亞，但同時又不滿他的作為。三人就在這個充滿神奇魔力的新年夜裡不斷吵吵鬧鬧中，終於明白自己想要怎麼樣的另一半。

天亮後，任尼亞回到莫斯科，累了整晚的他進了房門倒頭就睡。突然，娜佳拿著被任尼亞遺忘在她家的公事包來了。任尼亞的朋友們也來了。最後他感謝朋友們的陰錯陽差與命運的「捉弄」，讓他找到了自己真正的幸福。

10 | Деся́тый уро́к

Говори́ по-ру́сски гро́мче и уве́реннее

更大聲且更自信地說俄語

1. 學會表達學習方法與語言術語相關詞彙
2. 學會表達請求、命令、勸告或建議某人做某事
3. 學會表達某人、某物或動作比較怎麼樣
4. 學會轉述自己或他人的話語

Я понима́ть — понима́ю,
а говори́ть не могу́.

我是聽得懂，
但是不會講。

🤝 會話 🎧 MP3-46 請聽音檔，並跟著一起念。

Анна:	Лу́кас, Ива́н спра́шивает, хо́чешь ли ты вме́сте с на́ми пойти́ на кни́жную я́рмарку, кото́рая прохо́дит в Гости́ном дворе́.
	盧卡斯，伊凡問，你是否想和我們一起去在賓客商城舉行的圖書市集。
Лу́кас:	Ка́жется, что э́то интере́сно. А когда́ она́ прохо́дит?
	感覺這很有趣。那它什麼時候舉行？
Анна:	На э́той неде́ле, с 4 по 8 сентября́, со среды́ по воскресе́нье.
	在這週，從九月四日到八日，從星期三到星期日。
Лу́кас:	К сожале́нию, не смогу́. В суббо́ту я бу́ду выступа́ть с докла́дом на нау́чной конфере́нции. Из-за э́того я уже́ не́сколько дней пло́хо сплю.
	很可惜，我將沒辦法。星期六我將在學術會議發表報告。因為這個，我已經好幾天沒睡好覺。
Анна:	Не волну́йся! Всё бу́дет хорошо́! У тебя́ всё полу́чится! Говори́ по-ру́сски гро́мче и уве́реннее.
	不用擔心！一切都會很好的！你將會成功的！更大聲且更自信地說俄語。
Лу́кас:	У меня́ всегда́ пробле́ма с ауди́рованием. Мне ка́жется, что на конфере́нции все говоря́т по-ру́сски быстре́е меня́. Анна, что мне на́до де́лать, е́сли я вдруг не пойму́ вопро́сы, кото́рые зададу́т слу́шатели?
	我的聽力總是有問題。我覺得，在會議中所有人講的俄語都比我快。安娜，如果我突然聽不懂聽眾提出的問題，我該怎麼辦呢？
Анна:	В тако́м слу́чае ты мо́жешь сказа́ть: «Повтори́те, пожа́луйста, ещё раз!» и́ли «Говори́те, пожа́луйста, ме́дленнее!»
	在那樣的情況下，你可以說：「請再重複一次！」或「請說慢一點！」
Лу́кас:	По́нял. Бу́ду говори́ть так. Благодаря́ тебе́ я немно́го успоко́ился.
	明白了！我將這麼說。多虧妳，我有點安心了。
Анна:	Ни пу́ха ни пера́!
	祝你一切順利！
Лу́кас:	К чёрту!
	謝謝！

🔔 單詞&俄語這樣說

單詞 🎧 MP3-47

ауди́рование	中	聽力
вдруг	副	忽然，突然
волнова́ться	未	〈轉〉焦急，不安，發慌
(волну́юсь, волну́ешься)		
гости́ный	形	商人的，貿易的
гро́мкий	形	聲音大的，聲調高的
двор	陽	院子，庭院
докла́д	陽	報告
зада́ть вопро́с		提出問題
(зада́м, зада́шь, зада́ст,		
задади́м, задади́те, зададу́т)		
конфере́нция	陰	（代表）會議
нау́чный	形	（合乎）科學的，學術的
получи́ться	完	（被）作出，得出
поня́ть	完	明白，理解，領悟
(пойму́, поймёшь)		
проходи́ть	未	（一、二人稱不用）進行得，過得，做得
слу́чай	陽	（發生的）事情，事件，情況
уве́ренный	形	堅定的，有信心的，有把握的
успоко́иться	完	安心，放心，得到安慰
я́рмарка	陰	市集，展覽會

俄語這樣說

➢ **Ива́н спра́шивает, хо́чешь ли ты вме́сте с на́ми пойти́ на кни́жную я́рмарку, кото́рая прохо́дит в Гости́ном дворе́.** 伊凡問，你是否想和我們一起去在賓客商城舉行的圖書市集。

- 動詞прохо́дить 未、пройти́ 完可表達進行、舉辦，並以活動名稱當主語。

  Мероприя́тие уже́ прошло́. Тепе́рь все организа́торы мо́гут отдыха́ть. 活動已經辦完了。現在所有舉辦者可以休息。

➢ **С 4 (четвёртого) по 8 (восьмо́е) сентября́, со среды́ по воскресе́нье.** 從九月四日到八日，從星期三到星期日。

- 前置詞с加第二格與по加第四格表達從範圍A到範圍B，並包含範圍B。

  Наш рестора́н рабо́тает ежедне́вно, кро́ме воскресе́нья, с понеде́льника по суббо́ту. 我們餐廳每天營業，星期日除外，從星期一到星期六。

➢ **Из-за э́того я уже́ не́сколько дней пло́хо сплю.** 因為這個，我已經好幾天沒睡好覺。

- 前置詞из-за（由於，因為）加第二格，可表達原因，且此原因多半會產生不良後果。

  Али́на пло́хо отве́тила на экза́мене из-за волне́ния. 因為焦急，阿琳娜在考試時回答地不好。

➢ **У меня́ всегда́ пробле́ма с ауди́рованием.** 我的聽力總是有問題。

- 表達某物遭遇問題時，可先説пробле́ма（問題，難題），再加前置詞с與某物的第五格形式。

  У меня́ пробле́ма с Интерне́том, поэ́тому он ча́сто ме́дленно и пло́хо рабо́тает. 我的網路有問題，所以它時常運行緩慢且效果不好。

➢ **Благодаря́ тебе́ я немно́го успоко́ился.** 多虧妳，我有點安心了。

- 前置詞благодаря́（多虧，由於）加第三格，表達原因，通常此原因是帶來正面結果的。

  Они́ сра́зу нашли́ реше́ние благодаря́ внима́тельности Миха́йла. 由於米哈伊爾的用心，他們馬上找到了解決方法。

➢ **Ни пу́ха ни пера́! К чёрту!** 祝你一切順利！謝謝！

- 這是學生在考試前常用的祝福語，源自古時獵人的迷信想法。在獵人用語中，пух（動物的細毛或絨毛）指野獸，перо́（羽毛）指鳥類。他們認為直接説祝福語會被惡靈聽到而引起不吉利的事，所以故意用反義句ни... ни...（既不⋯⋯，也不⋯⋯）來表達。回應時也不能用正面用語，例如不能用спаси́бо，而是用К чёрту!（見鬼去吧！滾開！）。

  − За́втра у меня́ защи́та диссерта́ции. 明天我要論文答辯。
  − Ты уже́ гото́в? Ни пу́ха ни пера́! 你已經準備好了嗎？祝你一切順利！
  − К чёрту! 謝謝！

實用詞彙

學習方法 🎧 MP3-48

соста́вить свой уче́бный план	制定自己的學習計畫
созда́ть языкову́ю среду́	創造語言環境
практикова́ть регуля́рно	規律地練習
де́лать упражне́ния	做練習題
расши́рить слова́рный запа́с	擴展詞彙量
запо́мнить слова́ наизу́сть	熟記單詞
записа́ть свой го́лос на смартфо́н	用智慧型手機錄自己的聲音
не боя́ться говори́ть	不害怕說
преодоле́ть тру́дности	克服困難
чита́ть те́ксты вслух	大聲朗讀課文
пересказа́ть те́ксты свои́ми слова́ми	用自己的話轉述課文
имити́ровать речь носи́теля	模仿母語者的言語
говори́ть с носи́телями	與母語者說話
разгова́ривать сам с собо́й	自己與自己對話
попра́вить произноше́ние	修正發音
испра́вить граммати́ческие оши́бки	改正語法錯誤
смотре́ть ви́део с субти́трами	觀看帶字幕的影片
по́льзоваться словарём	使用辭典
улу́чшить на́вык говоре́ния	提升口語技能
разви́ть на́вык ауди́рования	發展聽力技能

語言術語 🎧 MP3-49

еди́нственное число́	單數
мно́жественное число́	複數
мужско́й род	陽性
сре́дний род	中性
же́нский род	陰性
имени́тельный паде́ж	主格（第一格）
роди́тельный паде́ж	屬格（第二格）
да́тельный паде́ж	與格（第三格）
вини́тельный паде́ж	賓格（第四格）
твори́тельный паде́ж	工具格（第五格）
предло́жный паде́ж	前置格（第六格）
проше́дшее вре́мя	過去時
настоя́щее вре́мя	現仕時
бу́дущее вре́мя	將來時
несоверше́нный вид	未完成體
соверше́нный вид	完成體
глаго́лы движе́ния	運動動詞
императи́в	命令式
оконча́ние	詞尾
ударе́ние	重音

語法解析：命令式、比較級、直接引語與間接引語

① 表達請求、命令、勸告或建議某人做某事

➢ Читáйте э́тот ромáн! Егó сюже́т о́чень необы́чный. 請讀這本小説。它的情節很不尋常。

➢ Смотри́ не забу́дь биле́т! Ина́че ты не смо́жешь войти́. 別忘了門票！否則你沒辦法進去。

- 説話者請求、命令、勸告或建議某人進行或完成某事時，可用第二人稱命令式表達。未完成體強調多次、重複進行某事，或請求開始進行某事。而完成體強調做完一次具體動作並獲得結果，命令口氣較強。

➢ Де́лайте гимна́стику ка́ждое у́тро! 請每天早上做體操！

➢ Принеси́те нам, пожа́луйста, меню́! 請拿菜單來給我們！

- 第二人稱命令式的形成方式，是將動詞詞幹加上-й(те)、-ь(те)、-и́(те)或-и(те)。當與對方用вы互稱，或對兩人以上説話時，需加上-те。形成方式請看下列步驟：

步驟一　將動詞原形變成單數第一人稱（я）形式，未完成體動詞改成現在時，完成體動詞改成將來時。

步驟二　去掉步驟一變化後的詞尾（-ю或-у），剩下詞幹。

步驟三　按照下列規則，加上相對應的命令式形式。

- 詞幹最後一個字母是母音，加上-й(те)。

  чита́ть 念，閱讀　　　—　　**чита́-ю**　　　—　　**чита́-й(те)**

- 詞幹最後一個字母是子音，重音在詞幹，加上-ь(те)。

  ве́рить 相信　　　—　　**ве́р-ю**　　　—　　**ве́р-ь(те)**

- 詞幹最後一個字母是子音，重音在詞尾（-ю或-у），加上-й(те)。

  говори́ть 説　　　—　　**говор-ю́**　　　—　　**говор-и́(те)**

- 詞幹最後兩個字母是子音，重音在詞幹，加上-и(те)。

  запо́мнить 記住　　　—　　**запо́мн-ю**　　　—　　**запо́мн-и(те)**

小試身手①：請填入提示詞命令式正確形式。

1. Ма́ма, _____(купи́ть) мне э́ту ку́клу! Я хочу́ её.

2. Вы уже́ уста́ли? Ла́дно, _____(отдыха́ть)!

3. Е́сли вы хоти́те име́ть хоро́шее здоро́вье, _____(ложи́ться) спать ра́но, не по́зже 23 часо́в.

4. Са́ша, _____(помо́чь) мне! _____(Поста́вить) э́ту ва́зу на стол!

5. _____(Зако́нчить), пожа́луйста, э́ту рабо́ту сего́дня ве́чером!

> **小叮嚀**
>
> 帶-ся動詞變成命令式時，需保留-ся。如果-ся前面是母音，需變成-сь。

- 除了規則變化外，有些詞不使用上述規則，需特別熟記，例如：

  давáть 給　　　—　　давáй(те)　※ 詞幹上有-ава-者，皆以此方式變化。

  дать 給　　　　—　　дáй(те)

  пить 喝　　　　—　　пéй(те)

  есть 吃　　　　—　　éшь(те)

- 命令式用於否定句時，表達不允許對方做某事，此時動詞要用未完成體。

➤ Не покупáй эту шáпку! Онá слúшком дорогáя. 不要買這頂毛帽！它太貴了。

➤ Не включáй свет! Ребёнок спит. 別開燈！小孩在睡覺。

- 表達警告對方不要做某事，否則將有不良後果時，用句型「смотрú(те) не＋完成體命令式」。

➤ Смотрú не упадú! Пол мóкрый. 小心，別摔倒了！地板是溼的。

➤ Смотрúте не опоздáйте на занáтия! Инáче преподавáтель опáть рассéрдится. 上課別遲到了！否則老師又要生氣了。

小試身手②：請填入提示詞命令式正確形式。

1. Не _____(есть) конфе́ты и не _____(пить) кока-ко́лу пе́ред сном!

2. Не _____(молча́ть)! _____(Расска́зывать) что́-нибудь интере́сное!

3. Смотри́ не _____(откры́ть) окно́! На у́лице ду́ет си́льный ве́тер.

4. Не _____(писа́ть) ему́ сообще́ния! Он всё равно́ не чита́ет и не отвеча́ет.

5. Смотри́те не _____(потеря́ть) э́тот докуме́нт! Он у меня́ в еди́нственном экземпля́ре.

❷ 表達某人、某物或動作比較怎麼樣

➤ Ива́н вы́ше Анто́на. Анто́н ни́же, чем Никола́й. 伊凡比安東高。安東比尼古拉矮。

➤ По-мо́ему, э́тот неме́цкий спортсме́н бежи́т быстре́е. 在我看來，這位德國運動員跑得比較快。

- 表達某人或某物比較怎麼樣的、更怎麼樣的時，可用形容詞比較級。而表達某動作比較怎麼樣、更怎麼樣時，可用副詞比較級。

- 形容詞比較級與副詞比較級相同。大部分的形容詞變成比較級時，需先將原形詞尾-ый、-ой或-ий去掉，副詞則將-о去掉，再加上比較級後綴-ee。

1. 詞幹中只有一個母音時，重音通常在後綴-е́e。

тру́дный 困難的	тру́дно	—	трудне́е
вку́сный 美味的	вку́сно	—	вксне́е
тёплый 溫暖的	тепло́	—	тепле́е

2. 詞幹中有兩個以上母音時，重音位置通常不變。

интере́сный 有趣的	интере́сно	—	интере́снее
ме́дленный 慢的	ме́дленно	—	ме́дленнее
краси́вый 美麗的	краси́во	—	краси́вее

3. 形容詞原形的倒數第三或第三和第四，副詞的倒數第二或第二和第三是下列字母時，通
   常需先將其變成其他字母，再加上比較級後綴-e。

-г-, -д-, -дк-, -зк- → -ж-

дорого́й 貴的	до́рого	—	доро́же
молодо́й 年輕的	мо́лодо	—	моло́же
ре́дкий 罕見的	ре́дко	—	ре́же
бли́зкий 近的	бли́зко	—	бли́же

-к-, -т-, -тк- → -ч-

жа́ркий 炎熱的	жа́рко	—	жа́рче
бога́тый 富有的	бога́то	—	бога́че
коро́ткий 短的	ко́ротко	—	коро́че

-ст- → -щ-

чи́стый 乾淨的	чи́сто	—	чи́ще
просто́й 簡單的	про́сто	—	про́ще

-х- → -ш-

ти́хий 安靜的	ти́хо	—	ти́ше
сухо́й 乾燥的	су́хо	—	су́ше

例外！

то́нкий 細的	то́нко	—	то́ньше
сла́дкий 甜的	сла́дко	—	сла́ще

- 有些形容詞、副詞比較級屬於特殊變化。

широ́кий 寬的	широко́	—	ши́ре
далёкий 遠的	далеко́	—	да́льше
большо́й 大的		—	бо́льше
ма́ленький 小的		—	ме́ньше
хоро́ший 好的		—	лу́чше
плохо́й 壞的		—	ху́же
мла́дший 年紀小的		—	мла́дше
ста́рший 年紀大的		—	ста́рше

- 形容詞和副詞比較級在句子中可以單獨使用。

➤ Я счита́ю, что э́то бе́лое зда́ние старе́е. 我認為，這棟白色建築比較舊。

➤ Э́ти джи́нсы ста́ли у́же. Я уже́ не могу́ их носи́ть. 這件牛仔褲變得比較窄了。
我已經不能穿它了。

- 句子中有比較的對象時，需將它放在形容詞或副詞比較級後面，並變成第二格，也可用
「形容詞或副詞比較級, чем + 第一格」表達。

➤ Во́лосы Ни́ны длинне́е воло́с Све́ты. 妮娜的頭髮比斯薇塔的頭髮長。

= Во́лосы Ни́ны длинне́е, чем во́лосы Све́ты.

➤ Тверска́я у́лица коро́че Не́вского проспе́кта. 特維爾大街比涅瓦大街短。

= Тверска́я у́лица коро́че, чем Не́вский проспе́кт.

小試身手❸：請將提示詞組成帶形容詞或副詞比較級的句子，詞序不變。

1. Эта си́няя су́мка / сто́ить / до́рого / э́та кори́чневая су́мка.

   _____

2. Мой мла́дший брат / ста́рший / его́ мла́дший брат.

   _____

3. Студе́нты пе́рвой гру́ппы / слу́шать / внима́тельно / чем / студе́нты второ́й гру́ппы.

   _____

4. Ко́мната Игоря / све́тлый / ко́мната Са́ши.

   _____

5. Этот коре́йский рестора́н / хоро́ший / чем / тот коре́йский рестора́н.

   _____

❸ 轉述自己或他人的話語

➢ Ники́та спроси́л Па́вла: «Ты хо́чешь вме́сте со мной пойти́ в столо́вую обе́дать?» 尼基塔問了帕維爾：「你想和我一起去食堂吃午餐嗎？」

➢ Ники́та спроси́л Па́вла, хо́чет ли он вме́сте с ним пойти́ в столо́вую обе́дать. 尼基塔問了帕維爾，他是否想跟他一起去食堂吃午餐。

• 陳述自己或他人的話語，稱為「直接引語」。書寫時，需將話語放在引號（«»）中。

直接 引語 Учи́тель говори́т: «За́втра у нас бу́дет встре́ча с выпускника́ми». 老師 說：「明天我們將有與畢業生的見面會。」

• 轉述自己或他人的話語，稱為「間接引語」。

間接 引語 Учи́тель говори́т, что за́втра у них бу́дет встре́ча с выпускника́ми. 老師說，明天他們將有與畢業生的見面會。

- 直接引語改成間接引語時，由於間接引語成為複合句中的從句，所以需按照直接引語的句型特徵加上連接詞、關聯詞或語氣詞，從句中的人稱與動詞也需改變。主要有以下四種書寫方式：

1. 直接引語為「陳述句」，改成間接引語時，需在從句句首加上表達説明意義的連接詞 **что**。

| 直接引語 | Пётр сказа́л: «Я верну́сь домо́й по́сле 8 часо́в». 彼得説了：「我將於8點後回到家。」 |
| 間接引語 | Пётр сказа́л, **что** он вернётся домо́й по́сле 8 часо́в. 彼得説了，他將於8點後回到家。 |

2. 直接引語為「帶疑問詞的疑問句」，改成間接引語時，直接引語中的疑問詞成為説明從句中的關聯詞，所以不需再加上連接詞**что**。另外，直接引語中的問號在間接引語中需改成句號。

| 直接引語 | Мать спроси́ла сы́на: «Когда́ у тебя́ бу́дет контро́льная рабо́та по матема́тике?» 母親問了兒子：「你何時將有數學小考？」 |
| 間接引語 | Мать спроси́ла сы́на, **когда́** у него́ бу́дет контро́льная рабо́та по матема́тике. 母親問了兒子，他何時將有數學小考。 |

3. 直接引語為「未帶疑問詞的疑問句」，改成間接引語時，需將要問的詞放在從句句首，
　 其後加語氣詞**ли**（是，不是，是否）。

**直接
引語**　Оте́ц спра́шивает дочь: «Ма́ша, ты позвони́ла ба́бушке?» 父親問女兒：
「瑪莎，妳打電話給奶奶了嗎？」

**間接
引語**　Оте́ц спра́шивает дочь Ма́шу, позвони́ла **ли** она́ ба́бушке. 父親問女兒瑪
莎，她是否打電話給奶奶了。

4. 直接引語中帶有「動詞命令式」，改成間接引語時，需換成帶說明連接詞**что́бы**的說明
　 從句。從句中，需按照語義加上主語。從句主語和主句主語不同時，從句的動詞需用過
　 去時。

**直接
引語**　Преподава́тель говори́т студе́нтам: «Откро́йте уче́бник, посмотри́те
текст на страни́це 15 и чита́йте за мной!» 老師跟學生們說：「請打開課本，
請看第15頁的課文並跟著我念！」

**間接
引語**　Преподава́тель говори́т студе́нтам, **что́бы** они́ откры́ли уче́бник,
посмотре́ли текст на страни́це 15 и чита́ли за ним. 老師跟學生們說，要他
們打開課本，看第15頁的課文並跟著他念。

小試身手④：請將直接引語改成間接引語。

1. Анна сказа́ла Анто́ну: «Вчера́ я позвони́ла тебе́, но ты не взял тру́бку».

_____

2. Официа́нтка спра́шивает клие́нта: «С чем вы бу́дете есть блины́?»

_____

3. Друг спроси́л Све́ту: «Ты ча́сто обща́ешься с э́тими иностра́нными студе́нтами?»

_____

4. Муж сказа́л жене́: «Закро́й окно́ и включи́ кондиционе́р!»

_____

5. Де́ти попроси́ли па́пу: «Привези́ нам сувени́ры из Швейца́рии!»

_____

短文

短文 🎧 MP3-50　請聽音檔，並跟著一起念。

　　Лу́кас пришёл к преподава́телю ру́сского языка́ Ири́не Серге́евне на консульта́цию. Он хо́чет узна́ть, как улу́чшить свой на́вык аудирования.

　　«Бо́льше слу́шайте подка́сты на ру́сском языке́, — сове́тует Ири́на Серге́евна Лу́касу. — В пе́рвый раз стара́йтесь то́лько слу́шать. Во второ́й раз слу́шайте и смотри́те транскри́пт. Да́лее слу́шайте и чита́йте вслух вме́сте с веду́щим подка́ста. Таки́м о́бразом, мо́жно улу́чшить не то́лько на́вык аудирования, но и интона́цию и ско́рость говоре́ния».

　　«Но ка́ждый вы́пуск длинне́е одно́й пе́сни. Я бою́сь, что не могу́ дослу́шать его́ до конца́», — говори́т Лу́кас.

　　«Не волну́йтесь! — успока́ивает Ири́на Серге́евна Лу́каса. — Ка́ждый день слу́шайте 3-5 мину́т и повторя́йте те де́йствия, о кото́рых я сказа́ла. Слу́шать подка́сты регуля́рно важне́е, чем слу́шать раз в неде́лю и́ли в ме́сяц».

　　«Большо́е спаси́бо за сове́т! Я бу́ду трениро́ваться ка́ждый день», — с удово́льствием говори́т Лу́кас.

　　盧卡斯來找俄語教師伊琳娜・謝爾蓋耶芙娜諮詢。他想知道如何提升自己的聽力技能。

　　「多聽俄語播客，」伊琳娜・謝爾蓋耶芙娜建議盧卡斯。「第一次試著只聽。第二次邊聽邊看逐字稿，接著邊聽邊跟著播客主持人朗讀出來。這樣，可以提高聽力技能，還有語調和語速。」

　　「但是每一集都比一首歌曲長。我怕我沒辦法把它聽到最後，」盧卡斯說。

　　「別擔心！」伊琳娜・謝爾蓋耶芙娜安慰著盧卡斯。「每天聽3至5分鐘，並重複我說了的動作。定期聆聽播客比每週或每月聽一次更重要。」

　　「非常感謝建議！我將每天訓練。」盧卡斯滿意地說著。

請再閱讀短文一次，並回答問題。

1. Что Лу́кас хо́чет узна́ть от Ири́ны Серге́евны?

_____

2. Ири́на Серге́евна сове́тует, что́бы Лу́кас бо́льше смотре́л фи́льмы?

_____

3. Чего́ длинне́е ка́ждый вы́пуск подка́ста, по мне́нию Лу́каса?

_____

4. Чего́ бои́тся Лу́кас, когда́ он слу́шает подка́сты?

_____

5. По слова́м Ири́ны Серге́евны, что важне́е: слу́шать регуля́рно и́ли раз в неде́лю и́ли в ме́сяц?

_____

俄電影

漫步莫斯科
Я шага́ю по Москве́

本片是以二十世紀60年代莫斯科為背景的抒情喜劇，由格奧爾基‧達涅利亞（Гео́ргий Дане́лия）執導，莫斯科電影製片廠出品，1964年首映。

知名導演尼基塔‧米亥科夫（Ники́та Михалко́в）在本片中首次擔任男主角，他飾演的科利亞（Ко́ля）是一位充滿熱情活力、樂於助人的年輕地鐵建造工人。天剛亮，值大夜班的科利亞走出隧道準備下班。他在早晨擁擠的地鐵車廂內認識了來自西伯利亞的年輕工人瓦洛佳（Воло́дя）。由於瓦洛佳要找的人不在，科利亞便邀他到自己家中。此時膽小怯懦的薩沙（Са́ша）來找科利亞，請他陪自己一起去徵兵辦公室申請延後徵兵，因為他今天要結婚。獲得同意後，薩沙立刻到商店打電話給未婚妻，並準備去買西裝。隨著主角們的移動，鏡頭也記錄了發展中的首都市景。

突然，科利亞與薩沙遇到了計程車司機向他們求救，車上的日本人要去特列季亞科夫美術館，但司機聽不懂，請他們倆上車幫忙翻譯，以免拿不到車資。科利亞假裝精通外語、擅長溝通的樣子。此時司機請他們跟日本人說錢的事，科利亞要薩沙說，但內向軟弱的薩沙斷然拒絕：「我是聽得懂，但是不會講。」他一方面不想服輸，強調自己是有此項技能的，但另一方面卻自曝不足之處。

科利亞和薩沙來到位於紅場旁的國家百貨商場，在這裡他們遇到了瓦洛佳。大伙來到唱片專櫃認識了櫃姐阿廖娜（Алёна），並邀請她來參加薩沙的婚禮，而瓦洛佳則是邀她去西伯利亞。之後，科利亞跟著瓦洛佳去找作家沃羅諾夫（Во́ронов），原來瓦洛佳的另一個身分是青年作家。在此同時，被未婚妻掛電話的薩沙突然剃了大光頭，跑到徵兵辦公室放棄延緩入伍，直言自己永不結婚。

夜晚，科利亞、瓦洛佳和阿廖娜來到高爾基公園吃冰淇淋、玩遊戲，還合力幫忙抓小偷。之後他們來到薩沙家想慶祝他結婚，結果卻看見薩沙愁眉苦臉地坐在魚缸前。最後在科利亞幫忙撮合下，兩人的婚禮終於舉行。

深夜，一行人來到地鐵站，瓦洛佳準備去搭機回西伯利亞，他與阿廖娜兩人離情依依，而原本對阿廖娜有好感的科利亞則識相地走到一旁。故事就在科利亞的歌聲中結束。

附錄

練習題解答

01 Я хочу́ купи́ть тёплую ша́пку

✳ 小試身手1：請按照提示詞，用完整的句子回答。

1. Каку́ю плиту́ купи́л Анто́н? 安東買了什麼爐？
   <u>Он купи́л совреме́нную га́зовую плиту́.</u> 他買了現代化瓦斯爐。

2. Како́й костю́м но́сит э́тот шко́льник? 這位中學生穿什麼服裝？
   <u>Он но́сит но́вый спорти́вный костю́м.</u> 他穿新運動服。

3. Каки́е носки́ вы и́щете? 您在找什麼襪子？
   <u>Я ищу́ си́ние коро́ткие носки́.</u> 我在找藍色短襪。

4. Каку́ю маши́ну хо́чет посмотре́ть тётя Та́ня? 塔妮婭阿姨想看一看什麼機器？
   <u>Она́ хо́чет посмотре́ть неме́цкую посудомо́ечную маши́ну.</u> 她想看一看德國洗碗機。

5. Како́е пальто́ лу́чше вы́брать? 挑選什麼大衣較好？
   <u>Лу́чше вы́брать тёплое мехово́е пальто́.</u> 挑選保暖的毛大衣較好。

✳ 小試身手2：請填入物主代詞正確形式。

1. **Ви́ктор:** Приве́т, Со́ня! Зна́ешь, вчера́ я забы́л <u>свои́</u> перча́тки в аудито́рии.
   維克多：嗨，索妮婭！妳知道昨天我把自己的手套忘在教室。

   Со́ня: Я сего́дня ви́дела, что <u>твои́</u> перча́тки ещё там. 索妮婭：我今天看到了，你的手套還在那裡。

   Ви́ктор: Пра́вда? Сла́ва бо́гу! Э́то же <u>мои́</u> люби́мые перча́тки. 維克多：真的嗎？謝天謝地！這可是我心愛的手套。

2. **Сын:** Ма́ма, ты ви́дела <u>мою́</u> бе́лую руба́шку? 兒子：媽媽，妳看見了我的白襯衫嗎？

   Ма́ма: Нет, не ви́дела. Ты не по́мнишь, куда́ ты положи́л <u>свою́</u> руба́шку? 媽媽：沒有，沒看見。你不記得你把自己的襯衫放去哪裡了？

   Сын: Не по́мню. Мо́жет быть, па́па взял <u>мою́</u> руба́шку, потому́ что <u>его́</u> руба́шка лежи́т тут. 兒子：不記得。也許，爸爸拿了我的襯衫，因為他的襯衫放在這裡。

✻ 小試身手3：請將單詞組成完整的句子，詞序不變。

1. Зáвтра студéнты уéдут в Центрáльную Еврóпу. 明天學生們將要離開去中歐。

2. Ксéния и Борис пришли в Исторический музéй смотрéть интерéсные выставки. 克謝妮婭與鮑里斯來到了歷史博物館欣賞有趣的展覽。

3. Рáно ýтром Лариса пошлá в любимое кафé на зáвтрак. 大清早拉麗莎去了喜愛的咖啡廳吃早餐。

4. Лéтом Владимир поéдет в Южную Корéю. 夏天弗拉基米爾將要去南韓。

5. Пётр Петрóвич уéхал на Чёрное мóре отдыхáть. 彼得‧彼得羅維奇離開去黑海度假了。

✻ 短文
請再閱讀短文一次，並回答問題。

1. В какýю библиотéку чáсто хóдит Ивáн? 伊凡常去哪間圖書館？
   Он чáсто хóдит в университéтскую библиотéку. 他時常去大學圖書館。

2. Какýю литератýру читáет Ивáн в свобóдное врéмя? 空閒時伊凡讀什麼文學？
   В свобóдное врéмя он читáет рýсскую литератýру. 空閒時他讀俄羅斯文學。

3. Как чáсто рáньше Ивáн ходил в книжный магазин? 之前伊凡多常去書店？
   Рáньше Ивáн ходил в книжный магазин примéрно раз в недéлю. 之前他大約每週去書店一次。

4. Кудá рáньше Ивáн ходил смотрéть новинки? 伊凡之前去哪裡看新書？
   Рáньше он ходил смотрéть новинки в книжный магазин «Дом книги». 之前他去書屋書店看新書。

5. Какóй ромáн Ивáн прочитáл в прóшлую суббóту? 上星期六伊凡讀完了哪本小說？
   В прóшлую суббóту он прочитáл исторический ромáн Пýшкина «Капитáнская дóчка». 上星期六他讀完了普希金的歷史小說《上尉的女兒》。

02　Я живу́ в ти́хом райо́не

✱ 小試身手1：請按照提示詞，用完整的句子回答。

1. О ком ча́сто вспомина́ет Дми́трий? 德米特里時常回想起誰？
   <u>Он ча́сто вспомина́ет о ба́бушке, о де́душке и о роди́телях.</u> 他時常回想起奶奶、爺爺和父母。

2. О ком сейча́с расска́зывает преподава́тель? 教師正在講述誰？
   <u>Он сейча́с расска́зывает об Алекса́ндре Пу́шкине, о Никола́е Го́голе и об Анто́не Че́хове.</u> 他正在講述亞歷山大・普希金、尼古拉・果戈里和安東・契訶夫。

3. О чём пи́шется в э́той кни́ге? 在這本書中寫關於什麼？
   <u>В э́той кни́ге пи́шется о литерату́ре, об иску́сстве и о му́зыке.</u> 在這本書中寫關於文學、藝術和音樂。

4. О ком спра́шивает Анна Ива́новна? 安娜・伊凡諾芙娜問關於誰的事？
   <u>Она́ спра́шивает о студе́нтах и о друзья́х.</u> 她問關於學生們與朋友們的事。

5. О чём лю́бит говори́ть Ви́ктор? 維克多喜愛講關於什麼？
   <u>Он лю́бит говори́ть о фи́льмах, о кни́гах и о пе́снях.</u> 他喜愛講關於影片、書籍和歌曲的事。

✱ 小試身手2：請填入人稱代詞正確形式。

1. **Анто́н:** Ива́н, почему́ ты вчера́ не́ был на вечери́нке? Са́ша как раз спра́шивал <u>о тебе́</u>. 安東：伊凡，為什麼你昨天沒去晚會？薩沙剛好在問關於你的事。
   Ива́н: <u>Обо мне</u>? Почему́? Что случи́лось? 伊凡：關於我？為什麼？發生什麼事了？
   Анто́н: Он хо́чет узна́ть, что ты ду́маешь о Ната́ше. 安東：他想知道你對娜塔莎的想法。
   Ива́н: О Ната́ше? Почему́ <u>о ней</u>? 伊凡：關於娜塔莎？為什麼關於她？
   Анто́н: То́чно не зна́ю, наве́рное, ты ра́ньше ча́сто говори́л <u>о ней</u>. 安東：確切我不知道，或許，你之前時常講關於她的事。

2. **Ма́ша:** О чём ты мечта́ешь? Об о́тдыхе? 瑪莎：你夢想著什麼？度假嗎？
   Са́ша: Да, ещё бы, <u>о нём</u>. 薩沙：對，當然，關於它。

3. **Анна:** Серёжа, когда́ ты уе́дешь в Росси́ю, мы с Андре́ем бу́дем о́чень скуча́ть по тебе́. Тебе́ обяза́тельно на́до ча́сто вспомина́ть <u>о нас</u>. 安娜：謝廖沙，當你離開去俄羅斯，我和安德烈將會很想念你。你務必一定要時常回想起我們。

　　Серёжа: Коне́чно. Я никогда́ не забу́ду <u>о вас</u>. 謝廖沙：當然。我永遠不會忘記你們。

＊ 小試身手3：請按照提示詞，用完整的句子回答。

1. На како́м заво́де вы бу́дете рабо́тать? 您將在哪間工廠工作？
<u>Я бу́ду рабо́тать на Пе́рвом хими́ческом заво́де.</u> 我將在第一化學工廠工作。

2. В како́й больни́це лежи́т Ва́ня? 凡尼亞住在哪間醫院？
<u>Он лежи́т в Центра́льной де́тской больни́це.</u> 他住在中央兒童醫院。

3. В како́м кафе́ друзья́ обе́дали вчера́? 昨天朋友們在怎麼樣的咖啡廳吃午餐？
<u>Вчера́ они́ обе́дали в хоро́шем недорого́м кафе́.</u> 昨天他們在不錯且不貴的咖啡廳吃午餐。

4. В каки́х суперма́ркетах Ни́на лю́бит покупа́ть о́вощи и фру́кты? 妮娜喜愛在怎麼樣的超市買蔬菜和水果？
<u>Она́ лю́бит покупа́ть о́вощи и фру́кты в совреме́нных больши́х суперма́ркетах.</u> 她喜愛在現代化大型超市買蔬菜和水果。

5. В каки́х города́х выступа́л э́тот певе́ц? 這位歌手在哪些城市表演過？
<u>Он выступа́л в росси́йских и европе́йских города́х.</u> 他在俄羅斯和歐洲的城市表演過。

＊ 小試身手4：請將單詞組成完整句子，詞序不變。動詞請用現在時。

1. <u>Мои́ тетра́ди лежа́т в моём пи́сьменном столе́.</u> 我的筆記本放在我的書桌裡。
<u>Мои́ тетра́ди лежа́т на моём пи́сьменном столе́.</u> 我的筆記本放在我的書桌上。

2. <u>Се́рый чемода́н стои́т в ва́шей пусто́й ко́мнате.</u> 灰色行李箱放在您的空房間內。

3. <u>Моя́ зи́мняя ку́ртка виси́т в твоём но́вом шкафу́.</u> 我的冬季外套掛在你的新櫃子裡。

4. <u>В на́шей ма́ленькой гости́ной лежи́т роско́шный тёплый ковёр.</u> 在我們的小客廳裡鋪放著華麗的溫暖地毯。

5. <u>В на́шем большо́м спорти́вном за́ле стоя́т спорти́вные тренажёры и беговы́е доро́жки.</u> 在我們的大運動廳裡放著健身器材與跑步機。

✳ 小試身手5：請用括號內的詞完成句子。

1. <u>В э́том ме́сяце</u> Вади́м рабо́тает удалённо. 在這個月瓦季姆遠距工作。

2. <u>На про́шлой неде́ле</u> Лю́да слу́шала ру́сскую о́перу. 在上週柳達聽了俄羅斯歌劇。

3. <u>В сле́дующем году́</u> на́ша подру́га бу́дет учи́ться за грани́цей. 在明年我們的朋友將去國外讀書。

4. <u>В э́том году́</u> у Татья́ны роди́лся сын. 在今年塔季婭娜生了兒子。

5. Я перее́ду в другу́ю ко́мнату <u>на э́той неде́ле</u>. 我在這週將搬去另一間房間。

✳ 短文

請再閱讀短文一次，並回答問題。

1. В како́м райо́не Анна снима́ет кварти́ру? 安娜在怎麼樣的區域租公寓？
   <u>Она́ снима́ет кварти́ру в спа́льном райо́не.</u> 她在住宅區租公寓。

2. На како́м этаже́ нахо́дится её кварти́ра? 她的住所位於幾樓？
   <u>Её кварти́ра нахо́дится на двена́дцатом этаже́.</u> 她的住所位於十二樓。

3. Где нахо́дятся телеви́зор и ковёр? 電視和地毯放在哪裡？
   <u>Телеви́зор виси́т на стене́, а ковёр лежи́т на полу́.</u> 電視掛在牆上，而地毯擺放在地上。

4. Где стоя́т пи́сьменный стол и сто́лик? 書桌與小桌子放在哪裡？
   <u>Пи́сьменный стол стои́т в ко́мнате у окна́, а сто́лик — на балко́не.</u> 書桌放在房間窗戶旁，而小桌子在陽臺。

5. Анна лю́бит проводи́ть ве́чер в ку́хне? 安娜喜愛在廚房度過夜晚嗎？
   <u>Нет, она́ лю́бит проводи́ть ве́чер на балко́не.</u> 不，她喜愛在陽臺度過夜晚。

03 Я давно́ не ви́дела своего́ ста́ршего бра́та

✵ 小試身手1：請用提示詞複數與完整的句子回答。

1. Кого́ гото́вит ваш университе́т? 你們的學校培養誰？

   Наш университе́т гото́вит исто́риков, филоло́гов и экономи́стов. 我們的學校培養歷史學者、語文學者與經濟學者。

2. Кого́ вы встреча́ете на вокза́ле? 您在車站接誰？

   На вокза́ле я встреча́ю профессоро́в, враче́й и преподава́телей. 我在車站接教授、醫生與教師們。

3. Кого́ вы провожа́ете в аэропорту́? 您在機場送誰？

   В аэропорту́ я провожа́ю ро́дственников, бра́тьев и сестёр. 我在機場送親戚、兄弟與姊妹。

4. Кого́ мы всегда́ лю́бим? 我們總是喜愛誰？

   Мы всегда́ лю́бим роди́телей, сынове́й и дочере́й. 我們總是喜愛父母、兒子與女兒們。

5. Кого́ они́ приглаша́ют на ве́чер? 他們邀請誰到晚會？

   Они́ приглаша́ют на ве́чер певцо́в, певи́ц и музыка́нтов. 他們邀請男歌手、女歌手和音樂家們到晚會。

✵ 小試身手2：請將單詞組成完整的句子，詞序不變。

1. Их сын похо́ж на своего́ па́пу и свою́ ма́му. 他們的兒子像自己的爸爸和自己的媽媽。

2. Эта де́вушка похо́жа на америка́нскую актри́су. 這位女孩像美國演員。

3. Это зда́ние похо́же на европе́йский за́мок. 這棟建築物像歐洲城堡。

4. Да́ша и Па́ша о́чень похо́жи на азиа́тских дете́й. 達莎和帕沙很像亞洲小孩。

5. Сёстры похо́жи на своего́ ста́ршего двою́родного бра́та. 姊妹像自己的表哥。

✵ 小試身手3：請用括號內的詞完成句子。

1. Вы не зна́ете, как зову́т эту серьёзную молоду́ю учи́тельницу? 您知道這位嚴格的年輕女老師叫什麼名字嗎？

2. Наконе́ц-то я узна́л, как зову́т <u>э́того тала́нтливого италья́нского музыка́нта</u>. 我終於得知了這位才華洋溢的義大利音樂家叫什麼名字。

3. <u>Этих о́пытных отве́тственных инжене́ров</u> зову́т Оле́г и Серге́й. 這些經驗豐富、負責任的工程師叫奧列格和謝爾蓋。

4. <u>Этих до́брых не́жных медсестёр</u> зову́т Мари́я и Ни́на. 這些善良溫柔的護理師叫瑪麗婭和妮娜。

5. <u>Этого изве́стного ру́сского певца́</u> зову́т Ди́ма Била́н. 這位知名的俄羅斯歌手叫季馬・比蘭。

＊短文

請再閱讀短文一次，並回答問題。

1. Когда́ Лу́кас е́здил в Петербу́рг на сва́дьбу дру́га? 盧卡斯何時去了彼得堡參加朋友的婚禮？
<u>Он е́здил в Петербу́рг на сва́дьбу дру́га две неде́ли наза́д.</u> 他在兩週前去了彼得堡參加朋友的婚禮。

2. Как зову́т жениха́ и неве́сту? 新郎和新娘叫什麼名字？
<u>Жениха́ зову́т Серге́й, и неве́сту зову́т Юлия.</u> 新郎叫謝爾蓋，新娘叫尤莉婭。

3. На кого́ похо́жи жени́х и неве́ста? 新郎和新娘像誰？
<u>Жени́х похо́ж на своего́ па́пу, а неве́ста похо́жа на свою́ ма́му.</u> 新郎像自己的爸爸，而新娘像自己的媽媽。

4. Кака́я ру́сская тради́ция заинтересова́ла Лу́каса? 哪個俄羅斯傳統讓盧卡斯產生了興趣？
<u>Роди́тели жениха́ встреча́ют молодожёнов хле́бом и со́лью. Жени́х и неве́ста ко́рмят друг дру́га солёным хле́бом.</u> 新郎的父母用麵包與鹽迎接新婚夫妻。新郎和新娘互相餵對方鹹麵包。

5. Кто объясни́л Лу́касу, почему́ все крича́ли «Го́рько!», и молодожёны целова́ли друг дру́га? 誰向盧卡斯解釋，為什麼大家喊「好苦啊！」，並且新婚夫妻互相親吻對方？
<u>Лу́касу э́то объясни́л его́ друг Серге́й.</u> 盧卡斯的朋友謝爾蓋向他解釋這個。

04 Я купи́л не́сколько коро́бок зелёного ча́я

＊小試身手1：請將句子改成否定形式。

1. В аудито́рии есть преподава́тель и студе́нты. 在教室裡有老師和學生們。
   <u>В аудито́рии нет преподава́теля и студе́нтов.</u> 在教室裡沒有老師和學生們。
2. У меня́ в су́мке бы́ли моби́льник и заря́дка. 在我的包包裡曾有手機和充電器。
   <u>У меня́ в су́мке не́ было моби́льника и заря́дки.</u> 在我的包包裡沒有手機和充電器。
3. На э́той по́лке бу́дут ва́зы и зеркала́. 在這個架子上將有花瓶和鏡子。
   <u>На э́той по́лке не бу́дет ваз и зерка́л.</u> 在這個架子上將沒有花瓶和鏡子。
4. У них в кварти́ре бы́ли соба́ки и ко́шки. 在他們的住宅內曾有狗和貓。
   <u>У них в кварти́ре не́ было соба́к и ко́шек.</u> 在他們的住宅內曾沒有狗和貓。
5. В э́том регио́не бу́дут шко́лы и университе́ты. 在這個地區將有中學和大學。
   <u>В э́том регио́не не бу́дет школ и университе́тов.</u> 在這個地區將沒有中學和大學。

＊小試身手2：請用括號內的詞完成句子，表達在某人那裡（у кого́？）或從某人那裡（от кого́？）。

1. Ле́том сестра́ иногда́ быва́ет <u>у свое́й люби́мой ба́бушки</u>. 夏天時妹妹有時候待在自己心愛的奶奶那裡。
2. Ма́ма пришла́ <u>от знако́мого продавца́</u>. 媽媽從認識的店員那裡來。
3. Актёры бу́дут в гостя́х <u>у театра́льного режиссёра</u>. 演員們將在戲劇導演那裡做客。
4. Позавчера́ друзья́ бы́ли <u>у у́личных музыка́нтов</u>. 前天朋友們曾在街頭音樂家那裡。
5. Ви́тя прие́дет сюда́ <u>от свои́х ста́рших бра́тьев</u>. 維佳將從自己的哥哥那裡來這裡。

＊ 小試身手3：請用括號內的詞完成句子，表達從某人那裡得知、獲得某事或某物。

1. Мы получи́ли <u>э́ту информа́цию</u> <u>от ру́сского колле́ги</u>. 我們從俄羅斯同事那裡獲得了這項資訊。

2. Они́ узна́ли <u>его́ и́мя</u> <u>от до́брой тёти</u>. 他們從善良的阿姨那裡得知了他的名字。

3. Де́ти получи́ли <u>э́ту игру́шку</u> <u>от свое́й но́вой ня́ни</u>. 孩子們從自己的新保姆那裡獲得了這個玩具。

4. Этот арти́ст ча́сто получа́ет <u>краси́вые буке́ты</u> <u>от свои́х люби́мых зри́телей</u>. 這位表演者時常從自己心愛的觀眾們那裡收到美麗的花束。

5. Молодожёны получи́ли в пода́рок <u>но́вую ме́бель</u> <u>от о́бщих друзе́й</u>. 新婚夫妻從共同的朋友們那裡獲得了新家具當禮物。

＊ 小試身手4：請將單詞組成完整的句子，表達從哪裡來到哪裡，詞序不變。

1. <u>На сле́дующей неде́ле инжене́ры прие́дут из Ленингра́дской о́бласти в Тверску́ю о́бласть.</u> 在下週工程師們將從列寧格勒州來到特維爾州。

2. <u>В про́шлом ме́сяце Оле́г прие́хал из Се́верной Аме́рики в За́падную Евро́пу.</u> 在上個月奧列格從北美來到了西歐。

3. <u>Студе́нты пришли́ от знако́мого профе́ссора в студе́нческую столо́вую.</u> 學生們從認識的教授那裡來到了學生食堂。

4. <u>Андре́й придёт от свои́х родны́х в италья́нское кафе́.</u> 安德烈將從自己的親戚那裡來到義大利咖啡廳。

5. <u>За́втра они́ приду́т из свои́х домо́в на на́шу вечери́нку.</u> 明天他們將從自己的家來到我們的晚會。

＊ 小試身手5：請將句子翻譯成俄文。

1. <u>Офис э́того но́вого дире́ктора нахо́дится на тре́тьем этаже́.</u>
2. <u>На встре́че мы получи́ли авто́граф э́той изве́стной пиани́стки.</u>
3. <u>У твое́й ста́ршей сестры́ есть реце́пт э́того ру́сского блю́да?</u>
4. <u>Я о́чень люблю́ геро́ев э́тих япо́нских книг.</u>
5. <u>Отве́ты э́тих студе́нтов четвёртого ку́рса о́чень похо́жи друг на дру́га.</u>

✱ 小試身手6：請按照範例寫出詞組。

例：три пакéта печéнья 三包餅乾

1. два стакáна воды́ 兩杯水

2. пять буты́лок вóдки 五瓶伏特加

3. три́ста грáммов мя́са 三百克肉

4. две корóбки конфéт 兩盒糖果

5. два килогрáмма я́блок 兩公斤蘋果

✱ 短文

請再閱讀短文一次，並回答問題。

1. Каку́ю ку́хню лю́бит Ян Мин? 楊明喜愛什麼料理？

   Он лю́бит ру́сскую ку́хню. 他喜愛俄羅斯料理。

2. От когó Ян Мин получи́л рецéпт селёдки под шу́бой? 楊明從誰那裡獲得了鯡魚沙拉的食譜？

   Он получи́л э́тот рецéпт от мáтери Ивáна. 他從伊凡的母親那裡得到了這個食譜。

3. Скóлько картóшек и моркóвок лежáло на столé? 桌上放著幾個馬鈴薯和紅蘿蔔？

   На столé лежáло две картóшки и полови́на моркóвки. 桌上放著兩顆馬鈴薯和半根紅蘿蔔。

4. Что ду́мали друзья́ об э́том салáте? 朋友們覺得這道沙拉如何？

   Э́тот салáт им понрáвился, но они́ почу́вствовали, что егó вкус нé был привы́чным для них. 他們喜歡上了這道沙拉，但是他們覺得它的味道對他們而言不是熟悉的。

5. Какóй зáпах ненави́дит Ян Мин? 楊明討厭什麼味道？

   Он ненави́дит зáпах лу́ка. 他討厭洋蔥的味道。

05 Я покажу́ Москву́ шко́льной подру́ге

✱ 小試身手1：請填入形容詞нужный短尾正確形式。

1. На про́шлой неде́ле нам <u>нужно́ бы́ло</u> мно́го рабо́тать, а на сле́дующей неде́ле нам <u>нужно́ бу́дет</u> пое́хать в командиро́вку. 在上週我們曾需要一直工作，而在下週我們將需要出差。

2. За́втра Анне не <u>нужна́ бу́дет</u> э́та маши́на. 明天安娜將不需要這輛車。

3. Сего́дня мне <u>нужно́ бы́ло / ну́жно /нужно́ бу́дет</u> пойти́ к врачу́. 今天我曾需要／需要／將需要去看醫生。

4. Тебе́ сейча́с <u>нужны́</u> э́ти ру́чки? 你現在需要這些筆嗎？

5. Мне <u>ну́жен</u> э́тот планше́т. Я его́ куплю́. 我需要這個平板電腦。我要買它。

✱ 小試身手2：請將單詞組成完整的句子，詞序不變。

1. <u>Никола́ю и Юлии ну́жен но́вый большо́й холоди́льник.</u> 尼古拉和尤莉婭需要新的大冰箱。

2. <u>Ра́ньше Ко́сте и его́ ма́тери ну́жно бы́ло удо́бное кре́сло.</u> 之前柯斯嘉和他的母親曾需要舒適的單人沙發椅。

3. <u>Ка́те и её роди́телям нужна́ хоро́шая маши́на.</u> 卡佳和她的父母需要好的車子。

4. <u>Вчера́ де́вушкам не ну́жно бы́ло гото́виться к вечери́нке.</u> 昨天女孩們不需要籌備晚會。

5. <u>Ско́ро сосе́дям нужна́ бу́дет на́ша по́мощь.</u> 鄰居們即將需要我們的幫忙。

✱ 小試身手3：請將畫線部分改成反義，並寫出完整的句子。

1. Врач идёт <u>от больно́го ма́льчика.</u> 醫生從生病的男孩那裡來。
   <u>Врач идёт к больно́му ма́льчику.</u> 醫生去生病的男孩那裡。

2. Сёстры <u>уе́хали от свое́й пожило́й ба́бушки.</u> 姊妹們從自己年老的奶奶那裡離開了。
   <u>Сёстры прие́хали к свое́й пожило́й ба́бушке.</u> 姊妹們來找自己年老的奶奶了。

3. <u>От своего́ уважа́емого профе́ссора</u> студе́нты пошли́ <u>в аудито́рию.</u> 學生們從自己尊敬的教授那裡離開去教室了。

Из аудито́рии студе́нты пошли́ к своему́ уважа́емому профе́ссору. 學生們從
教室離開去找自己尊敬的教授了。

4. Журнали́сты <u>уйду́т от францу́зских поли́тиков с пресс-конфере́нции.</u> 記者
們將從記者會法國政治家們那裡離開。

<u>Журнали́сты приду́т к францу́зским поли́тикам на пресс-конфере́нцию.</u> 記
者們將來到記者會法國政治家們那裡。

5. Друзья́ <u>пришли́ от свои́х знако́мых перево́дчиков на на́шу встре́чу.</u> 朋友們從
自己認識的譯者們那裡來到我們的見面會了。

<u>Друзья́ ушли́ с на́шей встре́чи к свои́м знако́мым перево́дчикам.</u> 朋友們從我
們的見面會離開去找自己認識的譯者們了。

✱ 小試身手4：請填入動詞подойти、подъе́хать與提示詞正確形式。

1. Молодо́й челове́к <u>подошёл к краси́вой де́вушке</u> и пригласи́л её танцева́ть.
年輕人走靠近漂亮的女孩，並邀請她跳舞。

2. Ма́ма <u>подошла́ к стира́льной маши́не</u> и бро́сила в неё оде́жду. 媽媽走靠近洗
衣機，並將衣服丟到它裡面去。

3. Алло́, Ма́ша! Я сейча́с в авто́бусе. Когда́ я <u>подъе́ду к Театра́льной пло́щади</u>,
я пошлю́ тебе́ СМС. 喂，瑪莎！我現在在公車上。當我接近劇院廣場時，我將傳訊息
給妳。

4. Мы <u>подойдём к городски́м часа́м</u> и посиди́м немно́го ря́дом. 我們將走靠近市
區時鐘，並在旁邊坐一下。

5. Они́ <u>подошли́ к у́личным худо́жникам</u> и посмотре́ли их карти́ны. 他們走靠近
了街頭畫家們，並欣賞了他們的畫作。

✱ 小試身手5：請填入人稱代詞正確形式。

1. Лу́кас: Ива́н, у меня́ Интерне́т пло́хо рабо́тает. Ты мо́жешь за́втра прийти́
<u>ко мне</u> посмотре́ть, что случи́лось? 盧卡斯：伊凡，我的網路連線不穩。你可以明
天來找我看一下，發生什麼事了嗎？

Ива́н: За́втра я смогу́ зайти́ <u>к тебе́</u> то́лько по́сле пяти́. 伊凡：明天我只能五點後
去找你。

2. **Máма:** Бáбушка спрáшивает, когдá ты пойдёшь <u>к ней</u>? 媽媽：奶奶問你什麼時候要去她那邊？

Сын: Дýмаю, смогý в 7. 兒子：我想可以7點時。

3. **Эмма:** Анна, ты чáсто вúдишь своúх родúтелей? 艾瑪：安娜，妳時常見到自己的父母嗎？

Анна: К сожалéнию, я рéдко éзжу <u>к ним</u>. Онú живýт в другóм гóроде. 安娜：很可惜，我很少去找他們。他們住在別的城市。

4. **Студéнт:** Андрéй Николáевич, мóжно <u>к вам</u> на минýту? 學生：安德烈‧尼古拉耶維奇，可以找您一下嗎？

Андрéй Николáевич: Да-да, конéчно. Проходúте. 安德烈‧尼古拉耶維奇：是，是，當然。請進。

5. **Друг:** Как жаль, что Дúма уéхал от нас в Амéрику. 朋友：真遺憾，季馬離開我們去美國了。

Подрýга: Да... Я óчень скучáю по немý. Пóмню, что рáньше я чáсто ходúла <u>к немý</u>, и мы вмéсте болтáли до нóчи. 朋友：是啊……我很想念他。記得之前我時常去找他，我們一起聊天到深夜。

＊ **小試身手6：請用括號內的詞完成句子。**

1. <u>Этому мáленькому мáльчику</u> вéсело катáться на велосипéде по площáдке. 這位小男孩對在小廣場上騎腳踏車感到很高興。

2. <u>Этой молодóй дéвушке</u> легкó готóвить ýжин кáждый день. 這位年輕女孩對於每天準備晚餐感到很容易。

3. <u>Этой рýсской подрýге</u> бýдет приятно смотрéть япóнские мультфúльмы. 這位俄國朋友將對欣賞日本動畫感到愉快。

4. <u>Этим инострáнным коллéгам</u> бýло скýчно слýшать егó доклáд. 這些外國同事們對聽他的報告感到無聊。

5. <u>Этим слáбым шкóльникам</u> всегдá хóлодно сидéть в éтом зáле. 這些虛弱的學生們對坐在這間大廳總是感到很冷。

＊ 小試身手7：請填入動詞нра́виться、понра́виться正確形式。

1. **Са́ша:** Оле́г, послу́шай э́ту кита́йскую пе́сню. Она́ тебе́ <u>понра́вится</u>. 薩沙：
   奧列格，聽一下這首中文歌。你會喜歡上它的。

   Оле́г: Отку́да ты зна́ешь, что мне <u>нра́вится</u> слу́шать кита́йские пе́сни? 奧列
   格：你從哪裡知道我喜歡聽中文歌？

2. Ира никогда́ не ката́лась на самока́те, потому́ что ей не <u>нра́вилось</u> е́здить
   бы́стро. Но одна́жды она́ попро́бовала ката́ться на самока́те по у́лице, и ей
   о́чень <u>понра́вилось</u>. Тепе́рь она́ ката́ется ка́ждый день. 伊拉從未騎過滑板車，
   因為她不喜歡開快車。但是有次她試著在街上騎滑板車，並且她喜歡上了。現在她每天
   騎。

3. **Муж:** Мне не <u>нра́вятся</u> э́ти костю́мы. Они́ старомо́дные. 丈夫：我不喜歡這些
   西裝。它們樣式很舊。

   Жена́: Почему́? А мне <u>нра́вятся</u>. Тем бо́лее ра́ньше они́ тебе́ то́же <u>нра́вились</u>,
   нет? 妻子：為什麼？而我喜歡。況且以前你也喜歡它們，不是嗎？

4. **Де́вушка:** Я хочу́ посмотре́ть э́тот шарф. 女孩：我想看一下這條圍巾。

   Продавщи́ца: Этот шарф вам о́чень идёт. Я ви́жу, что он вам о́чень
   <u>понра́вился</u>. 女店員：這條圍巾非常適合您。我看您非常喜歡它。

   Де́вушка: Я его́ возьму́. Ско́лько он сто́ит? 女孩：我買它。它多少錢？

5. **Подру́га:** Почему́ ты не ешь? 朋友：為什麼你不吃？

   Друг: Потому́ что мне не <u>нра́вится</u> виногра́д. 朋友：因為我不喜歡葡萄。

   Подру́га: Пра́вда? А ты пьёшь вино́? 朋友：真的嗎？那你喝葡萄酒嗎？

   Друг: Да, но мне <u>нра́вится</u> то́лько бе́лое вино́. 朋友：喝啊，但是我只喜歡白葡萄
   酒。

＊ 短文

請再閱讀短文一次，並回答問題。

1. В каки́х города́х Золото́го кольца́ бы́ли Эмма и её шко́льная подру́га? 艾瑪
   和她的中學朋友去了哪些金環城市？
   <u>Они́ бы́ли в Се́ргиевом Поса́де, Переясла́вле-Зале́сском, Росто́ве Вели́ком и
   Яросла́вле.</u> 他們去了謝爾吉耶夫鎮、佩列斯拉爾－扎列斯基、大羅斯托夫和雅羅斯拉
   夫。

2. Где бе́гали геро́и фи́льма «Ива́н Васи́льевич меня́ет профе́ссию»? 《伊凡 · 瓦西里耶維奇換職業》的主角們在哪裡逃竄？

Они́ бе́гали по Росто́вскому Кремлю́. 他們在羅斯托夫克里姆林宮逃竄。

3. Кому́ понра́вились пирожки́? А кому́ понра́вился я́блочный пиро́г? 誰喜歡上了小餡餅？而誰喜歡上了蘋果派？

Пирожки́ понра́вились Эмме, а я́блочный пиро́г понра́вился её шко́льной подру́ге. 小餡餅是艾瑪喜歡上的，而蘋果派是她的中學朋友喜歡上的。

4. Что тепе́рь Эмма мо́жет сме́ло де́лать? 現在艾瑪可以勇敢地做什麼？

Тепе́рь она́ мо́жет сме́ло подойти́ к ру́сским и пообща́ться с ни́ми на ру́сском языке́. 現在她可以勇敢地走向俄羅斯人並與他們用俄語交流。

5. Кому́ Эмма реши́ла подари́ть настоя́щую дома́шнюю медову́ху? 艾瑪決定送真正的家釀蜂蜜酒給誰？

Она́ реши́ла подари́ть её свои́м друзья́м. 她決定把它送給自己的朋友們。

06 Я неда́вно начала́ интересова́ться фигу́рным ката́нием

＊小試身手1：請填入提示詞正確形式。

1. Ра́ньше Серге́й увлека́лся те́ннисом, а тепе́рь он увлека́ется хокке́ем. 之前謝爾蓋熱衷於網球，而現在熱衷於曲棍球。

2. В э́том прекра́сном ме́сте мо́жно любова́ться приро́дой и мо́рем. 在這個美麗的地方可以欣賞大自然和海洋。

3. В де́тстве я увлека́лась жи́вописью и та́нцами. 童年時我曾醉心於寫生畫和舞蹈。

4. — Ты интересу́ешься пе́снями Никола́я Ба́скова? 你對尼古拉 · 巴斯科夫的歌曲感興趣嗎？

— Совсе́м нет. 完全不感興趣。

5. Ле́том мы собира́емся пое́хать в Сиби́рь любова́ться Байка́лом. 夏天我們打算去西伯利亞欣賞貝加爾湖。

✳ 小試身手2：請將單詞組成完整的句子，詞序不變。

1. <u>Ви́ктор наде́ется стать гла́вным дире́ктором.</u> 維克多希望成為總經理。

2. <u>На сва́дьбе я бу́ду са́мой краси́вой и счастли́вой неве́стой.</u> 在婚禮上我將是最美麗與幸福的新娘。

3. <u>Друзья́ рабо́тали шко́льными учителя́ми в небольшо́м го́роде.</u> 朋友們曾在小城市當中學老師。

4. <u>Никола́й уже́ давно́ рабо́тает мои́м ча́стным тре́нером по пла́ванию.</u> 尼古拉長期以來擔任我的私人游泳教練。

5. <u>Они́ обяза́тельно ста́нут на́шими замеча́тельными партнёрами.</u> 他們一定會成為我們優秀的夥伴。

✳ 小試身手3：請用指示代詞э́тот、表達方位的前置詞加第五格，以及完整的句子完成對話。

1. — Гали́на Андре́евна, скажи́те, где бу́дет лежа́ть виногра́д? 加琳娜・安德烈耶芙娜，請問葡萄將放在哪裡？

   — <u>Виногра́д бу́дет лежа́ть ме́жду э́тими я́блоками и гру́шами.</u> 葡萄將放在這些蘋果和西洋梨中間。

2. — Скажи́те, пожа́луйста, где нахо́дятся журна́лы? 請問雜誌在哪裡？

   — <u>Журна́лы нахо́дятся за э́тими ру́сско-англи́йскими словаря́ми.</u> 雜誌在這些俄英辭典後面。

3. — Анто́н, где бассе́йн? Ещё далеко́? 安東，游泳池在哪裡？還很遠嗎？

   — <u>Нет, бассе́йн нахо́дится ря́дом с э́тим япо́нским рестора́ном.</u> 不，游泳池在這間日本餐廳旁邊。

4. — Как вы ду́маете, где бу́дут висе́ть часы́? 您認為時鐘將掛在哪裡？

   — <u>Часы́ бу́дут висе́ть над э́тими кни́жными шкафа́ми.</u> 時鐘將掛在這些書櫃上方。

5. — Са́ша, где ко́шка? 薩沙，貓咪在哪裡？

   — <u>Ко́шка спит под э́той крова́тью.</u> 貓咪在這張床下方睡覺。

＊短文

請再閱讀短文一次，並回答問題。

1. Над чем рабо́тают Э́мма, Лу́кас и Ива́н? 艾瑪、盧卡斯和伊凡從事什麼工作？
   Они́ рабо́тают над свои́ми диссерта́циями. 他們從事自己的論文研究工作。

2. Чем занима́ется Э́мма ка́ждое у́тро пе́ред за́втраком? 艾瑪每天早上早餐前做什麼？
   Ка́ждое у́тро пе́ред за́втраком она́ занима́ется аэро́бикой. 每天早上早餐前她做有氧健身操。

3. Чем заинтересова́лся Лу́кас в после́днее вре́мя? 最近盧卡斯對什麼產生了興趣？
   В после́днее вре́мя он заинтересова́лся кера́микой. 最近他對陶瓷產生了興趣。

4. Кем мечта́ет стать Ива́н? 伊凡夢想成為什麼？
   Он мечта́ет стать олимпи́йским чемпио́ном. 他夢想成為奧運冠軍。

5. Каку́ю по́льзу прино́сят увлече́ния друзе́й? 朋友們的嗜好帶來什麼好處？
   Их увлече́ния помога́ют им снять стресс, рассла́биться, а та́кже подня́ть настрое́ние. 他們的嗜好幫助他們緩解壓力、放鬆精神，以及振奮情緒。

07　Я смотре́ла бале́т, в кото́ром выступа́ла моя́ люби́мая балери́на

＊小試身手1：請填入符合語意的連接詞或關聯詞。

1. Мы хоти́м узна́ть, <u>ско́лько</u> лет э́тому япо́нскому актёру. 我們想知道這位日本演員幾歲。

2. Ты по́мнишь, <u>где</u> стои́т на́ша маши́на? 你記得我們的車停在哪裡嗎？

3. Ма́ма спра́шивает, <u>куда́</u> идёт сын сего́дня ве́чером. 媽媽問今天晚上兒子要去哪裡。

4. Я не зна́ю, <u>како́й</u> его́ родно́й язы́к. 我不知道他的母語是什麼。

5. Ни́на не поняла́, <u>почему́</u> он за́дал тако́й вопро́с. 妮娜不明白為什麼他提了那樣的問題。

✲ **小試身手2：請填入連接詞或關聯詞что正確形式。**

1. Óля сказáла, <u>что</u> ужé сдéлала домáшнее задáние. 奧莉婭說已經寫完家庭作業了。

2. Дéдушка спрáшивает, <u>на чём</u> они́ éздят на рабóту. 爺爺在問他們搭乘什麼交通工具去上班。

3. Ты знáешь, <u>чем</u> интересýется твой стáрший брат? 你知道你的哥哥對什麼感興趣嗎？

4. Мы не слы́шали, <u>в чём</u> бýдут учáствовать э́ти студéнты. 我們沒聽到這些學生將參加什麼。

5. Антóн написáл мне, <u>что</u> в четвéрг бýдет зáнят. 安東寫給我說星期四將很忙。

✲ **小試身手3：請填入連接詞что或чтóбы。**

1. Алексáндр попроси́л меня́, <u>чтóбы</u> я дал емý áдрес немéцкого дрýга. 亞歷山大請求我給他德國朋友的地址。

2. Мы не знáли, <u>что</u> И́горь хóчет подари́ть э́ти цветы́ Тáне. 我們不知道伊格爾想送這些花給塔妮婭。

3. Мы хотéли, <u>чтóбы</u> бáбушка как мóжно скорéе вы́здоровела. 我們希望奶奶早日康復。

4. Ты слы́шал, <u>что</u> вчерá у Ви́ктора был день рождéния? 你聽說昨天是維克多的生日嗎？

5. Преподавáтель хóчет, <u>чтóбы</u> зáвтра все пришли́ на заня́тие вóвремя. 老師希望所有人明天準時到課。

✲ **小試身手4：請填入關聯詞котóрый正確形式。**

1. Друзья́ бы́ли в общежи́тии, <u>в котóром</u> живёт Андрéй. 朋友們曾去過安德烈住的宿舍。

2. Библиотéка, <u>в котóрую</u> чáсто хóдит Кáтя, называ́ется Библиотéка инострáнной литератýры. 卡佳時常去的圖書館稱為外國文學圖書館。

3. Áня, ты ви́дела сýмку, <u>котóрую</u> мне подари́ла тётя? 阿妮婭，妳看見阿姨送我的包包嗎？

4. Дру́га, с кото́рым Ми́ша ча́сто игра́ет в те́ннис, зову́т Бори́с. 時常和米沙打網球的朋友叫鮑里斯。

5. Сейча́с по телеви́зору выступа́ет экономи́ст, у кото́рого америка́нские журнали́сты взя́ли интервью́. 現在在電視上發言的是美國記者們採訪過的經濟學者。

✽ 小試身手5：請用кото́рый連接句子。

1. Я получи́л письмо́ от подру́ги, кото́рая сейча́с рабо́тает зубны́м врачо́м в Росси́и. 我收到了在俄羅斯當牙醫的朋友的信。

2. Студе́нты пригласи́ли на ве́чер кинокри́тика, статью́ кото́рого они́ чита́ли на заня́тии. 學生們邀請了他們在課堂中讀過其文章的影評人到晚會。

3. Па́мятник, к кото́рому подошли́ тури́сты, называ́ется «Ме́дный вса́дник». 遊客們走靠近的紀念碑稱為「青銅騎士」。

4. Стадио́н, на кото́ром бу́дут соревнова́ния по фигу́рному ката́нию, ещё стро́ят. 將舉行花式滑冰競賽的體育館還在興建中。

5. Сего́дня не́ было студе́нтки, с кото́рой Оле́г ча́сто обсужда́ет росси́йское кино́. 經常和奧列格討論俄羅斯電影的女學生今天沒來。

✽ 小試身手6：請將句子翻譯成俄文。

1. Ты съел пече́нья, кото́рые ста́ршая сестра́ купи́ла в Япо́нии?

2. Карти́на, кото́рая виси́т на стене́, сто́ит три ты́сячи рубле́й.

3. В э́том магази́не нет оде́жды, кото́рая нра́вится мла́дшему бра́ту.

4. Ива́н игра́ет в футбо́л с коре́йскими студе́нтами, с кото́рыми он познако́мился на студе́нческом ве́чере.

5. Я ча́сто хожу́ в италья́нский рестора́н / быва́ю в италья́нском рестора́не, о кото́ром Андре́й расска́зывал во вре́мя обе́да.

✽ 小試身手7：請將從句與主句連接起來。

1. (Д) Ви́ктор бу́дет изуча́ть францу́зский язы́к, когда́ он бу́дет учи́ться в университе́те. 當維克多將讀大學時，他將學法語。

2. Когда́ Макси́м вошёл в аудито́рию, <u>(Г) преподава́тель уже́ чита́л ле́кцию</u>. 當馬克西姆走進了教室，老師已經在講課。

3. <u>(В) Ди́ма сра́зу позвони́л свои́м роди́телям</u>, когда́ он прие́хал во Фра́нцию. 當季馬來到了法國，他馬上打了電話給自己的父母。

4. <u>(А) Никола́й познако́мился со свое́й бу́дущей жено́й в по́езде</u>, когда́ он е́хал в Петербу́рг. 當尼古拉去彼得堡時，他在火車上認識了自己未來的妻子。

5. Когда́ я вста́ну и поза́втракаю, <u>(Б) я пое́ду на о́зеро на рыба́лку</u>. 當我將起床並吃完早餐，我將去湖畔釣魚。

✱ 小試身手8：請將句子翻譯成俄文。

1. <u>Когда́ мла́дшая сестра́ де́лает дома́шнее зада́ние, ба́бушка спит.</u>
2. <u>Когда́ Юрий е́хал на метро́ в университе́т, его́ ма́ма позвони́ла ему́.</u>
3. <u>Когда́ я откры́л(а) дверь, я вспо́мнил(а), что я забы́л(а) взять зо́нтик.</u>
4. <u>Когда́ я за́втракаю, я ду́маю о но́вом уче́бнике.</u>
5. <u>Когда́ вы бу́дете у меня́, мы бу́дем разгова́ривать о стажиро́вке в Герма́нии.</u>

✱ 短文

請再閱讀短文一次，並回答問題。

1. Что уви́дел Ян Мин, когда́ он подошёл к Большо́му теа́тру? 當楊明接近大劇院時，他看到了什麼？

   <u>Когда́ он подошёл к Большо́му теа́тру, он уви́дел, что у вхо́да уже́ была́ дли́нная о́чередь.</u> 當他接近大劇院時，他看到入口處旁已經排了長長的隊伍。

2. Как называ́ется бале́т, кото́рый смотре́л Ян Мин? 楊明觀賞的芭蕾舞劇稱為什麼？

   <u>Бале́т, кото́рый он смотре́л, называ́ется «Лебеди́ное о́зеро».</u> 他觀賞的芭蕾舞劇稱為《天鵝湖》。

3. Что Ян Мин узна́л от капельди́нерши? 楊明從劇院服務人員那裡得知了什麼？

   <u>От неё он узна́л, что его́ ме́сто нахо́дится на тре́тьем этаже́.</u> 從她那裡他得知了他的座位在三樓。

4. Что сде́лал Ян Мин во вре́мя антра́кта? 中場休息時楊明做了什麼？

<u>Во вре́мя антра́кта он осмотре́л ка́ждое фойе́ Большо́го теа́тра и зашёл в магази́н за сувени́рами на па́мять.</u> 中場休息時，他參觀了大劇院的每個門廳，並順道去了商店買紀念品留念。

5. Что произвело́ на Ян Ми́на незабыва́емое впечатле́ние? 什麼給楊明留下了難忘的印象？

<u>На него́ произвели́ незабыва́емое впечатле́ние и само́ зда́ние Большо́го теа́тра, и выступле́ние замеча́тельных арти́стов.</u> 給他留下難忘印象的有大劇院建築本身，還有傑出演員的表演。

08 Если ты хо́чешь, мо́жешь встреча́ть Но́вый год вме́сте с на́ми

✱ 小試身手1：請填入連接詞éсли或éсли бы。

1. <u>Если</u> вы продо́лжите ссо́риться, я не дам вам игру́шки. 如果你們再繼續爭吵，我將不給你們玩具。

2. <u>Если бы</u> у Алексе́я был её но́мер телефо́на, тогда́ он позвони́л бы ей. 要是阿列克謝有她的電話號碼，那麼他就打電話給她了。

3. Пётр не заболе́л бы, <u>éсли бы</u> он забо́тился о своём здоро́вье. 假如彼得關心自己的健康，他就不會生病了。

4. <u>Если</u> ты хорошо́ занима́ешься и мно́го трениру́ешься, ты бу́дешь хорошо́ говори́ть по-ру́сски. 如果你很用功且大量訓練，你將會說一口流利的俄語。

5. Я пое́хала бы на рабо́ту на авто́бусе, <u>éсли бы</u> сего́дня я вста́ла ра́но. 要是今天我早起，我就搭公車去上班了。

✱ 小試身手2：請將從句與主句連接起來。

1. Хотя́ Евге́ний мно́го отдыха́л, (Д) он постоя́нно чу́вствовал уста́лость. 雖然葉甫蓋尼休息很多，但他時常感覺疲倦。

2. Хотя́ он то́лько что прие́хал в Росси́ю, (Б) у него́ уже́ мно́го ру́сских друзе́й. 雖然他才剛到俄羅斯，但他已經有很多俄羅斯朋友。

3. (А) я не пошла́ на встре́чу с друзья́ми, хотя́ у меня́ бы́ло вре́мя. 我沒去跟朋友們見面，雖然我有時間。

4. Хотя́ на э́той неде́ле все отмеча́ют пра́здник, (В) Ива́н до́лжен рабо́тать над свое́й диссерта́цией. 儘管這週所有人都在慶祝節日，但是伊凡應該從事論文研究工作。

5. (Г) я с удово́льствием пойду́ с тобо́й в кафе́, хотя́ я не о́чень хочу́ есть. 我很樂意跟你去咖啡廳，雖然我不很想吃。

✱ 小試身手3：請填入表達條件或讓步意義的連接詞。

1. Е́сли ты занима́ешься спо́ртом ка́ждый день и пра́вильно пита́ешься, у тебя́ бу́дет хоро́шее здоро́вье. 如果你每天運動並正確飲食，你就會有好健康。

2. Хотя́ ма́ма смо́трит э́тот истори́ческий сериа́л уже́ тре́тий раз, она́ с удово́льствием посмо́трит его́ ещё раз. 雖然媽媽看這部歷史連續劇已經第三次，但是她很樂意再看它一次。

3. Ви́ктор всегда́ звони́л па́пе, е́сли возвраща́лся домо́й по́здно. 如果維克多晚回家，總是會打電話給爸爸。

4. Е́сли бы Серге́й зара́нее у́знал об э́том, он поступи́л бы не так. 要是謝爾蓋早知道關於這件事，他就不會這樣做了。

5. Э́ту футбо́лку ещё мо́жно носи́ть, хотя́ она́ уже́ ста́рая. 這件T恤還可以穿，雖然它已經很舊。

✱ 小試身手4：請填入動詞正確形式。

1. Студе́нты зара́нее пришли́ в аудито́рию, что́бы заня́ть пере́дние места́. 學生們較早來到了教室，為的是占前面的位子。

2. По́сле уро́ка Ли́да подошла́ к преподава́телю, что́бы сдать ему́ дома́шнее зада́ние. 下課後麗達走向老師，以便交作業給他。

3. И́горь позвони́л Со́не, что́бы она́ разбуди́ла его́ за́втра в 7 утра́. 伊格爾打了電話給索妮婭，為的是她明天早上7點叫醒他。

4. Па́па купи́л мне фотоаппара́т, что́бы я фотографи́ровал(а) краси́вую приро́ду, когда́ я бу́ду в Петербу́рге. 爸爸買了相機給我，為的是當我將在彼得堡時，拍攝美麗的大自然。

5. Серге́й серьёзно занима́ется, что́бы <u>сдать</u> вступи́тельный экза́мен в университе́т. 謝爾蓋非常認真地讀書，為的是通過大學入學考試。

* **短文**

請再閱讀短文一次，並回答問題。

1. Како́й пра́здник Ива́н ждёт по́сле Но́вого го́да? 新年後伊凡等待哪個節日？
<u>Он ждёт Ма́сленицу.</u> 他等待謝肉節。

2. Как до́лго отмеча́ют э́тот пра́здник? 這個節日慶祝多久？
<u>Его́ отмеча́ют це́лую неде́лю.</u> 它慶祝整整一週。

3. Како́е блю́до обяза́тельно на́до гото́вить на э́тот пра́здник? 這個節日務必準備哪道菜餚？
<u>На э́тот пра́здник обяза́тельно на́до печь блины́.</u> 這個節日務必煎布林餅。

4. Каки́е мероприя́тия устра́ивают на э́той пра́здничной неде́ле? 這個節慶週舉辦哪些活動？
<u>На э́той неде́ле устра́ивают наро́дные гуля́нья, кула́чный бой, сжига́ние чу́чела Ма́сленицы, наро́дный теа́тр-балага́н и т. д.</u> 在這週舉辦民間慶祝園遊會、拳鬥賽、焚燒謝肉節稻草人、民間野臺戲等。

5. Заче́м лю́ди про́сят друг у дру́га проще́ния в после́дний день э́той пра́здничной неде́ли? 為什麼人們在這個節慶週的最後一天互相請求原諒？
<u>Э́то Проще́ное воскре́сенье. Лю́ди де́лают э́то, что́бы с чи́стым се́рдцем провести́ Вели́кий пост.</u> 這是寬恕星期日。人們做此是為了以純潔的心度過大齋期。

09 Э́тим ле́том я полечу́ на юг на самолёте

* **小試身手1：請按照圖示，填入定向運動動詞現在時或過去時正確形式。**

1. Де́ти <u>бегу́т</u> на де́тскую площа́дку. 兒童們跑向兒童遊樂區。

2. Когда́ он <u>лете́л</u> в Москву́, он смотре́л три ру́сских фи́льма в самолёте. 當他飛去莫斯科時，他在飛機上看了三部俄國片。

3. Роди́тели <u>плыву́т</u> в Япо́нию на теплохо́де. 父母搭郵輪去日本。

4. Сейча́с Ива́н <u>идёт</u> в кинотеа́тр. 現在伊凡去電影院。

5. За́втра ба́бушка и де́душка <u>е́дут</u> на мо́ре. 明天奶奶和爺爺去海邊。

✱ **小試身手2：請按照圖示，填入不定向運動動詞現在時或過去時正確形式。**

1. Про́шлой о́сенью её муж <u>лета́л</u> в Индию два ра́за. 去年秋天她的丈夫飛去印度兩次。

2. Ви́ктор всегда́ <u>бе́гает</u> на берегу́ реки́. 維克多總是在河岸邊跑步。

3. Ры́бы <u>пла́вают</u> в аква́риуме. 魚群在水族箱內游來游去。

4. Вчера́ ве́чером я <u>ходи́ла</u> в магази́н за я́йцами и молоко́м. 昨天晚上我去了商店買雞蛋和牛奶。

5. Ка́ждое воскресе́нье сосе́ди <u>е́здят</u> за́ город на маши́не. 每個星期日鄰居們開車去郊外。

✱ **小試身手3：請填入動詞побежа́ть、поплы́ть、полете́ть過去時或將來時正確形式。**

1. Ты <u>полети́шь</u> в Ирку́тск «Аэрофло́том»? 你搭俄羅斯航空去伊爾庫次克嗎？

2. Они́ пры́гнули в бассе́йн и <u>поплы́ли</u>. 他們跳入游泳池並游了起來。

3. Брат <u>полете́л / поплы́л</u> в Росси́ю сего́дня ра́но у́тром. 哥哥於今天一大清早飛去（坐船去）俄羅斯了。

4. Если ещё бу́дет землетрясе́ние, мы <u>побежи́м</u> на у́лицу. 如果還有地震，我們將跑去街上。

5. Если с тобо́й что́-то случи́тся, я <u>побегу́</u> к тебе́ на по́мощь. 如果你發生什麼事，我將跑去幫你。

✱ **小試身手4：請填入本單元所學運動動詞正確形式。**

1. Васи́лий лю́бит <u>бе́гать</u> в па́рке. Но вчера́ ве́чером он <u>бе́гал</u> на стадио́не. 瓦西里喜愛在公園跑步。但是昨天晚上他在體育場跑步。

2. На́ша семья́ ча́сто <u>пла́вает</u> на теплохо́де. В после́дний раз, когда́ мы <u>плы́ли</u> с Тайва́ня в Коре́ю, я чу́вствовал себя́ о́чень пло́хо. 我們家人時常搭郵輪。最近一次，當我們從臺灣坐船去韓國時，我覺得自己很不舒服。

3. Вчера́ оте́ц <u>пое́хал / полете́л</u> в Москву́ в командиро́вку. В про́шлом году́ он <u>е́здил / лета́л</u> туда́ три ра́за. 昨天父親（飛）去莫斯科出差。去年他（飛）去那裡三次。

4. Мы уже́ давно́ не <u>е́здили</u> в Тверь к ро́дственникам. Мы <u>пое́дем</u> к ним че́рез неде́лю. 我們已經很久沒去特維爾找親戚了。我們將於一週後去找他們。

5. — Куда́ ты <u>идёшь</u>? В бассе́йн? 你去哪裡？去游泳池嗎？

　　— Да, я всегда́ <u>хожу́</u> в бассе́йн в э́то вре́мя. 對，我總是在這個時候去游泳池。

＊ **小試身手5：請按照圖示，填入動詞нести́、вести́、везти́現在時或過去時正確形式。**

1. Серге́й идёт и <u>несёт</u> ко́фе. 謝爾蓋走著並拿著咖啡。

2. Пётр <u>везёт</u> цветы́ на велосипе́де. 彼得用腳踏車載著花。

3. А́нна лете́ла в Москву́ и <u>везла́</u> мно́го книг. 安娜飛去了莫斯科並帶了很多書。

4. Вну́чка <u>ведёт</u> ба́бушку в сад погуля́ть. 孫女牽著奶奶去花園散散步。

5. Когда́ она́ <u>несла́</u> проду́кты домо́й, она́ встре́тила своего́ шко́льного учи́теля. 當她拿著食物回家時，她遇見了自己的中學老師。

＊ **小試身手6：請按照圖示，填入動詞носи́ть、води́ть、вози́ть現在時或過去時正確形式。**

1. Ма́ша всегда́ <u>но́сит</u> в су́мке ключи́ от до́ма. 瑪莎總是把家裡的鑰匙放在包包裡帶著。

2. Вчера́ гид <u>води́л</u> иностра́нных тури́стов в э́тот рестора́н. 昨天領隊帶了外國遊客到這家餐廳。

3. Са́ша ча́сто <u>во́дит</u> свои́х друзе́й в музе́й, в кото́ром рабо́тает его́ сестра́. 薩沙時常帶自己的朋友去他姊姊工作的博物館。

4. Ра́ньше Никола́й ча́сто <u>вози́л</u> нас на маши́не в э́то ме́сто любова́ться красото́й го́рода. 之前尼古拉時常開車載我們到這個地方欣賞城市之美。

5. Ка́ждый день води́тель <u>во́зит</u> молоко́ в магази́ны. 每天司機載牛奶去商店。

✻ 小試身手7：請填入本單元所學運動動詞正確形式。

1. Официа́нт <u>несёт</u> клие́нтам меню́. 服務生拿菜單給顧客。

2. Ра́ньше по суббо́там ма́ма <u>води́ла</u> сы́на в библиоте́ку на мероприя́тия. 之前每個星期六媽媽帶兒子去圖書館參加活動。

3. Когда́ она́ <u>везла́</u> до́чку на велосипе́де в парикма́херскую, шёл си́льный дождь. 當她騎腳踏車載女兒去理髮廳時，下了大雨。

4. Ни́на всегда́ <u>но́сит</u> э́тот рюкза́к в шко́лу. 妮娜總是背這個背包去學校。

5. Сейча́с они́ <u>везу́т</u> на грузовике́ свою́ ме́бель в но́вую кварти́ру. 現在他們用貨車載自己的家具去新住宅。

✻ 小試身手8：請填入動詞понести́、повести́、повезти́過去時或將來時正確形式。

1. Но́вые студе́нты не зна́ли, где аудито́рия, поэ́тому Алекса́ндр <u>повёл</u> их туда́. 新同學們不知道教室在哪裡，所以亞歷山大帶了他們去那裡。

2. Днём меня́ не бу́дет в о́фисе, потому́ что я <u>понесу́</u> э́ти докуме́нты бухга́лтеру. 下午我將不在辦公室，因為我要把這些文件拿去給會計人員。

3. В сле́дующем ме́сяце роди́тели <u>поведу́т</u> дете́й в планета́рий. 下個月，父母將帶孩子們去天文館。

4. Де́вушка <u>повезла́</u> на велосипе́де домо́й фру́кты, кото́рые она́ купи́ла в суперма́ркете. 女孩騎腳踏車，把在超市買了的水果載回家。

5. Мой рюкза́к был по́лным, я не смог положи́ть туда́ те́рмос и не <u>понёс</u> его́ в университе́т. 我的背包滿了，我沒辦法把保溫瓶放進去，也沒帶它去學校。

✻ 小試身手9：請填入動詞принести́、привести́、привезти́過去時或將來時正確形式。

1. Анна пришла́ домо́й и <u>принесла́</u> фру́кты и я́годы. 安娜回到家了並帶來了水果和漿果。

2. Преподава́тель попроси́л Оле́га, что́бы за́втра он <u>принёс</u> свой уче́бник на заня́тие. 老師要求奧列格，要他明天帶自己的課本來上課。

3. Утром грузови́к <u>привёз</u> чужо́й това́р в на́шу компа́нию. 早上貨車把別人的商品載來我們公司了。

4. На сле́дующей неде́ле Гали́на <u>приведёт</u> своего́ молодо́го челове́ка на на́шу встре́чу. 下週加琳娜將帶自己的男朋友來我們的聚會。

5. Я наде́юсь, что роди́тели <u>привезу́т</u> мне из Швейца́рии мно́го сувени́ров. 我希望父母將從瑞士帶給我很多紀念品。

✲ **小試身手10：請填入動詞унести́、увести́、увезти́過去時或將來時正確形式。**

1. Ба́бушка уйдёт к сосе́дке и <u>унесёт</u> сала́т, кото́рый она́ сама́ гото́вила. 奶奶將離開去找鄰居，並帶她自己做的沙拉去。

2. В суббо́ту мы уе́дем отсю́да и <u>увезём</u> все свои́ ве́щи. 星期六我們將從這裡離開，並載走所有自己的東西。

3. Я не ви́жу свой зо́нтик. Наве́рное, кто́-то <u>унёс</u> его́. 我沒看見自己的雨傘。可能有人把它拿走了。

4. Ма́льчик уже́ <u>увёл</u> свою́ большу́ю соба́ку в парк. 男孩已經帶自己的大狗離開去公園了。

5. Ко́стя <u>уведёт</u> америка́нских друзе́й на вечери́нку. 柯斯嘉將帶美國朋友們離開去晚會。

✲ **小試身手11：請填入本單元所學運動動詞正確形式。**

1. За́втра я приду́ и <u>принесу́</u> тебе́ свою́ но́вую кни́гу. 明天我將來，並帶來給你我自己的新書。

2. Иностра́нные тури́сты уе́хали домо́й и <u>увезли́</u> мно́го сувени́ров. 外國遊客們回家去了，並帶走了很多紀念品。

3. — Ива́н Петро́вич, куда́ вы <u>поведёте</u> нас за́втра? 伊凡·彼得羅維奇，明天您將帶我們去哪裡？

 — За́втра у нас бу́дет пешехо́дная экску́рсия по го́роду. 明天我們將徒步遊覽城市。

4. Ду́маю, что води́тель ско́ро <u>увезёт</u> э́ти нену́жные коро́бки отсю́да. 我想，司機即將把這些不需要的箱子載離開這裡。

5. Официа́нты забы́ли <u>принести́</u> нам десе́рт, кото́рый заказа́ла ма́ма. 服務生忘了將媽媽點的甜點拿來給我們。

✱ 短文

請再閱讀短文一次，並回答問題。

1. Куда́ лета́ли друзья́ в ма́йские пра́здники? 五月假期時朋友們飛去了哪裡？
   <u>Они́ лета́ли в Калинингра́д.</u> 他們飛去了加里寧格勒。

2. Кто води́л друзе́й на о́стров Ка́нта? 誰帶了朋友們去康德島？
   <u>На о́стров Ка́нта друзе́й води́ла Анна.</u> 帶朋友們去了康德島的是安娜。

3. Что де́лали друзья́ во второ́й день? 第二天朋友們做了什麼？
   <u>Во второ́й день они́ е́здили на Ку́ршскую косу́.</u> 第二天他們去了庫爾斯沙嘴。

4. Что друзья́ привезли́ из Калинингра́да домо́й? 朋友們從加里寧格勒帶了什麼回家？
   <u>Они́ привезли́ из Калинингра́да домо́й мно́го изде́лий из янтаря́.</u> 他們從加里寧格勒帶了很多琥珀製品回家。

5. Кто вози́л друзе́й на свое́й маши́не по го́роду? 誰開著自己的車載了朋友們逛城市？
   <u>Друзе́й вози́л по го́роду на свое́й маши́не хозя́ин хо́стела.</u> 開著自己的車載了朋友們逛城市的是旅館主人。

10 Говори́ по-ру́сски гро́мче и уве́реннее

✱ 小試身手1：請填入提示詞命令式正確形式。

1. Ма́ма, <u>купи́</u> мне э́ту ку́клу! Я хочу́ её. 媽媽，買這個玩偶給我！我想要它。

2. Вы уже́ уста́ли? Ла́дно, <u>отдыха́йте</u>! 你們已經累了嗎？好吧，請休息吧！

3. Éсли вы хоти́те име́ть хоро́шее здоро́вье, <u>ложи́тесь</u> спать ра́но, не по́зже 23 часо́в. 如果您想擁有好健康，請早點躺下睡覺，不晚於23點！

4. Са́ша, <u>помоги́</u> мне! <u>Поста́вь</u> э́ту ва́зу на стол! 薩沙，請幫我！請把這個花瓶放在桌子上！

5. <u>Зако́нчите</u>, пожа́луйста, э́ту рабо́ту сего́дня ве́чером! 請在今天晚上做完這項工作！

✽ 小試身手2：請填入提示詞命令式正確形式。

1. Не <u>éшь(те)</u> конфéты и не <u>пéй(те)</u> кока-кóлу пéред сном! 睡覺前不要吃糖果和不要喝可口可樂。

2. Не <u>молчи́(те)</u>! <u>Расскáзывай(те)</u> что́-нибудь интере́сное! 別沉默！講講任何有趣的事。

3. Смотри́ не <u>откро́й</u> окно́! На у́лице ду́ет си́льный вéтер. 小心，別開窗戶！外面刮強風。

4. Не <u>пиши́(те)</u> ему́ сообще́ния! Он всё равно́ не читáет и не отвечáет. 不要寫訊息給他。他反正不讀又不回。

5. Смотри́те не <u>потеря́йте</u> э́тот докумéнт! Он у меня́ в еди́нственном экземпля́ре. 小心，請別弄丟這份文件！它是我唯一的一份。

✽ 小試身手3：請將提示詞組成帶形容詞或副詞比較級的句子，詞序不變。

1. <u>Эта си́няя су́мка сто́ит доро́же э́той кори́чневой су́мки.</u> 這個深藍色的包包價格比這個棕色的包包貴。

2. <u>Мой млáдший брат стáрше его́ млáдшего брáта.</u> 我弟弟年紀比他弟弟大。

3. <u>Студéнты пéрвой гру́ппы слу́шают внимáтельнее, чем студéнты второ́й гру́ппы.</u> 第一組的學生聽得比第二組的學生仔細。

4. <u>Ко́мната Игоря светлéе ко́мнаты Сáши.</u> 伊格爾的房間比薩沙的房間明亮。

5. <u>Этот коре́йский рестор́ан лу́чше, чем тот коре́йский рестор́ан.</u> 這間韓國餐廳比那間韓國餐廳好。

✽ 小試身手4：請將直接引語改成間接引語。

1. Анна сказáла Анто́ну: «Вчерá я позвони́ла тебé, но ты не взял тру́бку». 安娜對安東說了：「昨天我打了電話給你，但是你沒接。」
<u>Анна сказáла Анто́ну, что вчерá онá позвони́ла ему́, но он не взял тру́бку.</u> 安娜對安東說了，昨天她打了電話給他，但是他沒接。

2. Официáнтка спрáшивает клиéнта: «С чем вы бу́дете есть блины́?» 女服務生問顧客：「您將吃布林餅加什麼？」
<u>Официáнтка спрáшивает клиéнта, с чем он бу́дет есть блины́.</u> 女服務生問顧客，他將吃布林餅加什麼。

3. Друг спроси́л Све́ту: «Ты ча́сто обща́ешься с э́тими иностра́нными студе́нтами?» 朋友問了斯薇塔：「妳時常與這些外國學生來往嗎？」

   Друг спроси́л Све́ту, ча́сто ли она́ обща́ется с э́тими иностра́нными студе́нтами. 朋友問了斯薇塔，她是否時常與這些外國學生來往。

4. Муж сказа́л жене́: «Закро́й окно́ и включи́ кондиционе́р!» 丈夫跟妻子說了：「關窗戶並開冷氣！」

   Муж сказа́л жене́, что́бы она́ закры́ла окно́ и включи́ла кондиционе́р. 丈夫跟妻子說了，要她關窗戶並開冷氣。

5. Де́ти попроси́ли па́пу: «Привези́ нам сувени́ры из Швейца́рии!» 孩子們請求了爸爸：「從瑞士帶紀念品來給我們！」

   Де́ти попроси́ли па́пу, что́бы он привёз им сувени́ры из Швейца́рии. 孩子們請求了爸爸，要他從瑞士帶紀念品來給他們。

✱ 短文

請再閱讀短文一次，並回答問題。

1. Что Лу́кас хо́чет узна́ть от Ири́ны Серге́евны? 盧卡斯想從伊琳娜·謝爾蓋耶芙娜那裡得知什麼？

   Он хо́чет узна́ть, как улу́чшить свой на́вык аудирова́ния. 他想知道如何提升自己的聽力技能。

2. Ири́на Серге́евна сове́тует, что́бы Лу́кас бо́льше смотре́л фи́льмы? 伊琳娜·謝爾蓋耶芙娜建議盧卡斯多看影片嗎？

   Нет, она́ сове́тует, что́бы он бо́льше слу́шал подка́сты на ру́сском языке́. 不，她建議他多聽俄語播客。

3. Чего́ длинне́е ка́ждый вы́пуск подка́ста, по мне́нию Лу́каса? 根據盧卡斯的看法，播客的每一集比什麼長？

   По его́ мне́нию, ка́ждый вы́пуск подка́ста длинне́е одно́й пе́сни (длинне́е, чем одна́ пе́сня). 根據他的看法，播客的每一集比一首歌長。

4. Чего́ бои́тся Лу́кас, когда́ он слу́шает подка́сты? 當盧卡斯聽播客時，他害怕什麼？

   Он бои́тся, что не мо́жет дослу́шать ка́ждый вы́пуск до конца́. 他害怕沒辦法把每集聽到最後。

5. По слова́м Ири́ны Серге́евны, что важне́е: слу́шать регуля́рно и́ли раз в неде́лю и́ли в ме́сяц? 按照伊琳娜・謝爾蓋耶芙娜所說的，什麼比較重要：定期聆聽，或是每週或每月聽一次？

<u>По её слова́м, слу́шать регуля́рно важне́е, чем слу́шать раз в неде́лю и́ли в ме́сяц.</u> 照她所言，定期聆聽比每週或每月聽一次更重要。

國家圖書館出版品預行編目資料

我的第二堂俄語課 / 吳佳靜著
-- 初版 -- 臺北市：瑞蘭國際, 2024.11
264面；19 × 26公分 --（外語學習系列；142）
ISBN：978-626-7473-63-4（平裝）
1. CST：俄語 2. CST：讀本

806.18   113014472

外語學習系列 142

我的第二堂俄語課

作者｜吳佳靜
責任編輯｜潘治婷、王愿琦
校對｜吳佳靜、潘治婷、王愿琦

俄語錄音｜莉托斯卡（Maria Litovskaya）、薩承科（Aleksandr Savchenko）
錄音室｜純粹錄音後製有限公司
封面設計、版型設計、內文排版｜陳如琪・美術插畫｜614

瑞蘭國際出版
董事長｜張暖彗・社長兼總編輯｜王愿琦
編輯部
副總編輯｜葉仲芸・主編｜潘治婷
設計部主任｜陳如琪
業務部
經理｜楊米琪・主任｜林湲洵・組長｜張毓庭

出版社｜瑞蘭國際有限公司・地址｜台北市大安區安和路一段104號7樓之1
電話｜(02)2700-4625・傳真｜(02)2700-4622・訂購專線｜(02)2700-4625
劃撥帳號｜19914152 瑞蘭國際有限公司
瑞蘭國際網路書城｜www.genki-japan.com.tw

法律顧問｜海灣國際法律事務所　呂錦峯律師

總經銷｜聯合發行股份有限公司・電話｜(02)2917-8022、2917-8042
傳真｜(02)2915-6275、2915-7212・印刷｜科億印刷股份有限公司
出版日期｜2024年11月初版1刷・定價｜550元・ISBN｜978-626-7473-63-4

瑞蘭國際

瑞蘭國際